豪放词

玉临风 著

中国华侨出版社
北京

图书在版编目（CIP）数据

豪放词 / 玉临风著. -- 北京：中国华侨出版社，2021.10
ISBN 978-7-5113-8386-0

Ⅰ.①豪… Ⅱ.①玉… Ⅲ.①豪放派 – 词（文学）– 作品集 – 中国 – 古代 Ⅳ.① I222.82

中国版本图书馆 CIP 数据核字（2020）第 218576 号

豪放词

著　　者：玉临风
责任编辑：李胜佳
封面设计：韩　立
文字编辑：黎　娜
美术编辑：盛小云
经　　销：新华书店
开　　本：880mm×1230mm　1/32　印张：6.5　字数：138 千字
印　　刷：北京市松源印刷有限公司
版　　次：2021 年 10 月第 1 版　2022 年 2 月第 2 次印刷
书　　号：ISBN 978-7-5113-8386-0
定　　价：36.00 元

中国华侨出版社　北京市朝阳区西坝河东里 77 号楼底商 5 号　邮编：100028
发 行 部：（010）58815874　　传　　真：（010）58815857
网　　址：www.oveaschin.com　　E-mail：oveaschin@sina.com

如果发现印装质量问题，影响阅读，请与印刷厂联系调换。

前言

世间皆是爱美之人，风雅纯粹的《诗经》，雍容浪漫的唐诗，凄美伤感的宋词，以及千回百转的明清小说，都是人们沉醉向往的对象。一字一世界，品读藏在泛黄书笺中的故事，仿佛就能与千年之前的自己相逢。

然而，如情花一般的词有婉约、豪放之分，实则也是优美与壮美之别。婉约词婉媚轻柔、情致缠绵、悱恻动人，词人肺腑中的真情、悲愁与欢愉，通过优美的字词，曲折细腻地透露出来。许是因为豪放词太过沉重，亦太过酣畅，在词的国度中，多半人将目光投射在了婉约词中，而豪放词的门槛，却很少有人迈过。

婉约词就好似庭院中的桃花，千朵万朵压枝低，占尽了春日的风光。而豪放词就犹如山涧中的梅花，纵然用尽整个生命燃亮了阒静的山谷，却仍是自顾开自顾落。殊不知，一旦它闯入世人的眼界，便像梅花汛一般，满山皆是翩然而下的红，瞬间就抢了人们眼球。

司空图在《诗品二十四则》之十二《豪放》中有言："观花匪禁，吞吐大荒。由道返气，处得以狂。天风浪浪，海山苍苍。真力弥满，万象在旁。前招三辰，后引凤凰。晓策六鳌，濯足扶桑。"豪放词开创者苏轼这般看待"豪放"："诗至于杜子美，文至于韩退之，书至于颜鲁公，画至于吴道子，而古今之变，天下之能事毕矣。道子画人物，如以灯取影，逆来顺往，旁见侧出，横斜平直，各相乘除。得自然之数，不差毫末。出新意于法度之中，寄妙理于豪放之外。所谓游刃余地，运斤成风，盖古今一人而已。"

不悖于法度，又不拘泥于法度，且能融古今之变，能酣畅淋漓抒发内心情愫，便是"豪放"之宗。

豪放词相比于小家碧玉的婉约词，更像是一个铁骨铮铮的硬汉。词中多以军情国事、怀古悼今等题材为主，宏大的境界、广阔的视野、深邃的思想、高雅的情趣，皆是它吸引人的特质。

豪放词真正将词推向成熟的巅峰。苏轼临风高唱，大江东去，浪淘尽千古英雄；辛弃疾喝得酩酊大醉，亦不忘挑灯看剑，不忘吹角连营；张孝祥壮志满怀，在梦中也要乘风归去，横扫千浪；岳飞走遍八千里路云和月，只为踏破贺兰山，收拾旧山河；文天祥——那个对生死有着别样见解的坚韧男子，纵然一生在时代的荒漠中流浪，却始终捧着一掬清泉。

以笔为戟，泼墨间即人间豪情万古长。气势恢弘、不拘格律、汪洋恣肆、酣畅淋漓，这是英雄的呐喊，这是时代的呼声。历史终究有情，世人终究有感，翻开一页页染着殷红热血的词章，不动声色的人又有几何？

目录

第一章　心事未央，时光早已老去

人生苦短，及时行乐——范仲淹《剔银灯》/2

莫要空叹，把握当下——苏轼《浣溪沙》/4

昔日少年，玉关空老——蔡挺《喜迁莺》/6

繁华落尽，放下名利——周邦彦《黄鹂绕碧树》/8

东山已老，何谈再起——叶梦得《水调歌头》/10

人生如寄，不怨夕阳——朱熹《水调歌头·隐括杜牧之齐山诗》/13

军旅梦醒，两鬓斑白——刘克庄《沁园春·梦孚若》/15

人生苦短，不如归去——王旭《春从天上来·退隐》/17

而今未老，不须清泪——高启《念奴娇·自述》/19

聚散悠悠，白了人头——王越《浪淘沙》/21

第二章　登临望远，想洗尽千古愁

怀古情思，穿越千年——王安石《桂枝香·金陵怀古》/24

1

美好回忆，最难消受——陈与义《临江仙·夜登小阁忆洛中旧游》/26

谈笑之间，洗尽千愁——陆游《水调歌头·多景楼》/28

心中梦想，被埋深处——辛弃疾《南乡子·登京口北固亭有怀》/30

变尽人间，伤感满怀——戴复古《柳梢青·岳阳楼》/32

英雄失志，诗酒消愁——吴渊《念奴娇》/34

归去来兮，无奈为之——李曾伯《沁园春·丙午登多景楼和吴履斋韵》/36

心似潮涌，怒涛拍岸——周密《闻鹊喜·吴山观涛》/39

浮云遮眼，不见长安——白朴《沁园春·金陵凤凰台眺望》/41

第三章　繁华落尽，泪为苍生而流

金陵旧事，最易入梦——张昪《离亭燕》/44

心怀苍生，英雄落泪——贺铸《六州歌头》/46

行歌坐钓，雪落满身——李纲《六幺令》/48

徒倚霜风，悲从中来——袁去华《水调歌头·定王台》/50

乘风归去，横扫千浪——张孝祥《水调歌头·和庞佑父》/52

梦想的花，谢得太快——辛弃疾《鹧鸪天》/54

岁月无情，物是人非——吴潜《满江红·金陵乌衣园》/56

故地重游，莫要登高——吴文英《高阳台·过种山即越文种墓》/58

无可奈何，且图一醉——吴文英《八声甘州·灵岩陪庾幕诸公游》/60

追古怀今，历史重演——完颜璹《朝中措》/63

兴衰罔替，历史必然——纳兰性德《浣溪沙·小兀喇》/65

第四章　断壁颓垣，都曾是故土

国破之日，干戈才止——李煜《破阵子》/68

血性文人，击缶而歌——张元干《石州慢》/70

英雄挥泪，赤子情怀——张孝祥《浣溪沙》/73

投笔请战，不要空谈——刘克庄《贺新郎》/75

战和两难，文人拭剑——陈人杰《沁园春·丁酉岁感事》/78

朱颜变尽，丹心不改——文天祥《酹江月·和友驿中言别》/80

覆巢之下，断魂千里——徐君宝妻《满庭芳》/82

宁为玉碎，不为瓦全——夏完淳《烛影摇红·寓怨》/85

第五章　人生的路，走出的是感悟

兴衰成败，笑谈之间——王安石《浪淘沙令》/88

千里之外，共赏婵娟——苏轼《水调歌头》/90

一蓑烟雨，徐徐而行——苏轼《定风波》/93

昔日华都，今日空城——周邦彦《西河·金陵怀古》/95

寄情山水，花醉洛阳——朱敦儒《鹧鸪天·西都作》/98

道路崎岖，坚韧不屈——李清照《渔家傲》/100

壮志难酬，知音难觅——岳飞《小重山》/102

谁能与我，共醉明月——辛弃疾《贺新郎·别茂嘉十二弟》/104

白发书生，神州落泪——刘克庄《贺新郎·九日》/107

西风吹我，零落天涯——邓剡《唐多令》/110

狂歌醉饮，我心自由——白朴《沁园春》/112

是非成败，转头成空——杨慎《临江仙》/114

于无人处，拍遍栏杆——朱彝尊《卖花声·雨花台》/116

兴衰更替，与谁人说——纳兰性德《浣溪沙·姜女祠》/118

第六章　梦想彼岸，到不了的地方

挥之不去，血色年华——苏轼《念奴娇·赤壁怀古》/122

儒冠功名，错把身误——晁补之《摸鱼儿·东皋寓居》/125

明月依旧，人事已非——叶梦得《念奴娇》/127

可叹英雄，报国无门——朱敦儒《水龙吟》/129

梦断何处，无人知晓——陆游《诉衷情》/131

流年虚度，遗憾重重——陆游《谢池春》/133

中原遗老，有泪如倾——张孝祥《六州歌头》/135

忧愁风雨，流年辜负——辛弃疾《水龙吟·登建康赏心亭》/137

筹边独坐，北望神州——戴复古《水调歌头·题李季允侍郎鄂州吞云楼》/139

铁马晓嘶，营壁冰冷——刘克庄《满江红》/141

自古英雄，如今何在——刘过《沁园春》/143

喜惧并存，矛盾重重——蔡松年《念奴娇》/146

黄尘滚滚，老尽英雄——元好问《临江仙·自洛阳往孟津道中作》/149

料想今宵，没有好梦——陈维崧《夜游宫·秋怀》/151

第七章　仰天长啸，剑气直冲云霄

笔下如风，杯中不醉——欧阳修《朝中措·送刘仲原甫出守维扬》/154

文人亦有，英雄梦想——苏轼《江城子·密州出猎》/156

逆境之中，积极乐观——黄庭坚《念奴娇》/158

功名做土，少年白头——岳飞《满江红》/161

醉里看剑，梦回沙场——辛弃疾《破阵子·为陈同甫赋壮语以寄之》/163

千古英灵，如今安在——陈亮《水调歌头·送章德茂大卿使房》/165

吹毛剑在，誓斩楼兰——刘过《沁园春·张路分秋阅》/167

鸥鹭忘机，不问俗世——吴潜《水调歌头·焦山》/169

笑看人间，白费心机——李公昴《水调歌头·题斗南楼和刘朔斋韵》/171

但愿声名，万古流芳——文天祥《沁园春·题朝阳张许二公庙》/174

怨去吹箫，狂来说剑——龚自珍《湘月》/177

第八章　半生漂泊，归来已是老叟

征人泪洒，男儿有情——范仲淹《渔家傲·秋思》/180

寂寞沙洲，一只孤鸿——苏轼《卜算子·黄州定慧院寓居作》/182

遮不住的，是东流水——辛弃疾《菩萨蛮·书江西造口壁》/184

英雄豪杰，惺惺相惜——辛弃疾《贺新郎》/186

唯愿友人，归来依旧——高观国《雨中花》/188

感情纠结，层层堆积——刘克庄《满江红·和王实之韵送郑伯昌》/190

何时言欢，苍凉一问——刘辰翁《摸鱼儿·酒边留同年徐云屋》/192

落花飞絮，一片茫茫——文廷式《水龙吟》/194

人生苦短，及时行乐
——范仲淹《剔银灯》

与欧阳公席上分题

昨夜因看蜀志。笑曹操孙权刘备。用尽机关，徒劳心力，只得三分天地。屈指细寻思，争如共、刘伶一醉？

人世都无百岁。少痴騃①、老成尪悴②。只有中间，些子少年，忍把浮名牵系？一品与千金，问白发、如何回避？

【注释】

①痴騃：呆痴愚笨。
②尪悴：衰弱的样子。

【豪词酌香】

庆历年间，范仲淹升任为参知政事，主持庆历新政。其为人刚正，屡遭奸佞排挤，多次被贬，政治生涯几起几落。故而作品多富政治意蕴，虽存词仅仅五首，但身为北宋豪放词派之先驱，他摒弃儿女情长的缛丽，独为广阔山河赋词，实让人佩服。

因心怀苍生，心系天下，词人半夜无眠，挑灯夜读《三国志》。横槊赋诗的曹操、才气无双的刘备、亲射虎的孙仲谋，人人读到这般风云人物，都该是慷慨激昂、豪情满怀，而唯独范老看罢只是一声哂笑。他们一生费尽心机、用尽谋略，却是白费心力，最终也不过是得到了天下的三分之一，谁也没能一统天下，想来实在是可笑。

细细想来，与其枉费心机也得不到满意的结果，倒不如索性与刘伶一起，喝个酩酊大醉，再不管世事。刘伶是魏晋时"竹林七贤"之一，平时嗜酒如命，放诞疏狂。在词人看来，被后人尊奉为枭雄英主的三国之君都不及一个自由狂放的刘伶，既言明对曹、孙、刘三人功业的不屑，又展露出"今朝有酒今朝醉"的消极态度。

范氏向来以"先天下之忧而忧，后天下之乐而乐"自立，何以在这首词中消极至此？原来是想明白了人生在世匆匆几十载，在有限的岁月中，年少时愚痴，年老时衰颓，只有青春岁月最为宝贵，又怎能忍心将它浪费在追名逐利之上呢？即便是拥有再多的名和利，又怎能摆脱终将衰老的命运？

戏谑疏荡笔墨至此，已将人生苦短、及时行乐的态度淋漓尽致道出。如若联系其写作背景则知晓，此词作于庆历新政失败之后。此时词人遭贬离京，苦心经营的革新大业付诸东流，内心极为忧愤。恰逢与几位老友相聚饮酒，分题赋词，词人难免要借机说些气话、醉话。这首词平白如话，不见其做文章时篇篇锦绣、字字珠玑的特点，也不见高瞻远瞩、高屋建瓴的政治情怀，反倒显现出他作为一个平常人的本色，所谓"豪华落尽见真淳"是也。

莫要空叹,把握当下
——苏轼《浣溪沙》

游蕲水^①清泉寺,寺临兰溪,溪水西流。

山下兰芽短浸溪,松间沙路净无泥,萧萧暮雨子规啼。

谁道人生无再少?门前流水尚能西!休将白发唱黄鸡。

【注释】

①蕲水:位于黄州东,即今湖北浠水。

【豪词酌香】

  雨后的暮春时节,兰溪清幽而俊美。山下小溪潺潺而流,两岸刚露出嫩芽的兰草微微浸于水中,愈发娇嫩。溪边松林中的石道光滑洁净,仿佛被清泉洗刷过一般,没有一丝泥土。暮雨潇潇洒洒,雨声中不时传来几声杜鹃的鸣叫声。空山寂寂,泉鸟相和,简寥数笔,勾勒出了一幅幽静而清新的山水画,真不愧为大家手笔。

  上阕状景,下阕由景即情。正是反常西流的兰溪给了苏轼关于时光的感悟。命运犹如植物,只能经历一次春夏秋冬。春有百花秋有月，夏有凉风冬有雪。时间的列车匆匆而过，如果错过了哪个季节的风景，再回首也是徒劳。时间就像手中的沙子，握得越紧，流失得越快。所以达观者从不会把时间浪费在感叹时间的无情上。故而，困居黄州的苏轼唱出了"谁道人生无再少"以及"休将白发唱黄鸡"。

词人的乐观来自他对把握不定的前途始终持有希望和追求。承认人生的实质是悲哀，又处处力求超越，不受局限。他在与生命规律的斗争中，迸发出无穷的活力。造物主仿佛知道人们容易感慨人生易老，所以特令此处江水西流，但造物主的良苦用心，世人是否真的理解？

苏轼其词开豪放一派，为豪放之宗，与辛弃疾并称"苏辛"。这首《浣溪沙》虽写游赏之乐，且用语浅显，然而落笔探讨人生之意义，情趣盎然、意蕴丰富，读之令人深感词人之旷达从容，愈觉应发愤而起，把握当下。即如清代先著的《词洁》评其曰："坡公韵高，故浅浅语亦觉不凡。"

昔日少年，玉关空老

——蔡挺《喜迁莺》

霜天秋晓，正紫塞故垒，黄云衰草。汉马嘶风，边鸿叫月，陇上铁衣寒早。剑歌骑曲悲壮，尽道君恩须报。塞垣乐，尽橐鞬①锦领，山西年少。

谈笑。刁斗静，烽火一把，时送平安耗。圣主忧边，威怀遐远，骄虏尚宽天讨。岁华向晚愁思，谁念玉关人老？太平也，且欢娱，莫惜金樽频倒。

【注释】

①橐鞬：装弓箭的袋子。

【豪词酌香】

北宋词人蔡挺在边关戍守多年，对边地风物及将士心情十分了解。他以亲身经历写就的《喜迁莺》在当时"盛传都下"，众人争相拜读。这首词不以遣词造句取胜，纯以词人的豪情气势称雄。

北地边塞，四季分明，夏秋之交，万物衰败凋零，衰草连片，正进入寂寥苍冷的季节。然而边地军营中依然士气高涨，战旗迎风飘扬，战马嘶鸣不断，尽管塞外早寒，却不能冰冻将士的豪情。戍边生活艰苦，远离故土和家人，但这份辛苦，是为报答君王的赏识所受，故而苦中又有一份独特的自豪与骄傲。

人人都说戍边苦，蔡挺却言"塞垣乐"。全军上下齐心协力，同仇敌忾，苦寒氛围骤减，反而多了几分如家乡一样的温暖。

有了勇气、信念和决心，便有了取胜的根本。谈笑风生间，就能让敌人闻风丧胆，维护边地的平安祥和。每到夜晚降临，一如既往地点上"平安火"，以求让朝廷放心。

朝廷力主以宽容的政策感化敌军，让两方平和相处。但身为军人，蔡挺希望能够拿起武器、跨上战马，与敌人真刀真枪地较量，纵使马革裹尸也不后悔。然而时光如梭，转眼已是暮年之躯，昔日的"山西少年"，今日已是"玉关人老"，自古以来，戍边之人无不希望能够上阵杀敌、建立功勋，可往往他们最终的结局只能是在碌碌无为中消磨了锐志，流逝了年华。

太平盛世，只是黎民百姓的太平盛世。于边关将士来说，太平只是暂时景象。一时太平；暂且尽情欢乐吧，不要吝惜金樽中的美酒。

少年郎终在玉关老，年华已逝，雄心仍在。老骥伏枥，还有千里之志；烈士暮年，壮心始终不已。

繁华落尽，放下名利

——周邦彦《黄鹂绕碧树》

　　双阙笼嘉气，寒威日晚，岁华将暮。小院闲庭，对寒梅照雪，淡烟凝素。忍当迅景，动无限、伤春情绪。犹赖是、上苑风光渐好，芳容将煦。

　　草英兰芽渐吐。且寻芳、更休思虑。这浮世、甚驱驰利禄，奔竞尘土。纵有魏珠照乘，未买得流年住。争如盛饮流霞，醉偎琼树。

【豪词酌香】

　　周邦彦在宋徽宗即位时，便改除校书郎，进徽猷阁待制，提举大晟府。词人一旦与政治挂钩，便免不了沉沉浮浮，而后红极一时的周邦彦在华丽的舞台上谢幕后，便辗转避居于钱塘、扬州等地。这首《黄鹂绕碧树》便是繁华落尽后的安然心曲。

　　初春，生气升腾，绿意蔓延，此刻的上林苑，定然也呈现出一派婀娜春光。

　　上林苑是汉代的皇家园林，汉代司马相如有遗篇《上林赋》，即以铺张扬厉的文章,歌颂了上林风光。语及上林,多少暗示了周邦彦心底一丝不易察觉的遗憾。往年春日,词人出入的也是金碧辉煌的上林苑、撩人欲醉的金明池,用的是金杯玉盏,饮的是甘泉玉露,同座宾客更是徽宗、楚王等帝王公侯。

如今晚景寥落,春日降临,满园犹自姹紫嫣红,却只剩他自己独赏。人生盛衰,比唐传奇还要奇幻。走笔至此,周邦彦一定有浮生若梦的慨叹。昔盛今衰,自古就是最好的吟咏题材。词人本可就此大书特书,却大笔一挥,干脆利落地道了一句"休思虑",什么功名利禄,都会归于尘土。

人人皆向死而生,苦苦追逐蜗角虚名,又有何意义?这番洒落之语一出,即标志着晚年的周邦彦已经脱胎换骨。这位"王孙"终于觉醒,决心放下名缰利锁,安心而潇洒地游荡世间。自由逍遥地快乐,自是名利无法比拟的。因此,晚年的词人皈依道教,追随老庄哲学,开始参禅,淡忘名利得失。

紧接着,他的词作里云雾缭绕的世外之象也多了起来。《黄鹂绕碧树》词尾的"流霞""琼树",已非凡间之物,而"饮流霞""偎琼树"之语,在洒落里更带有一丝豪迈,与苏东坡欲乘风飞入琼楼玉宇的境界相似。

东山已老，何谈再起
——叶梦得《水调歌头》

秋色渐将晚，霜信报黄花。小窗低户深映，微路绕欹斜①。为问山翁何事，坐看流年轻度，拚却鬓双华。徒倚望沧海，天净水明霞。

念平昔，空飘荡，遍天涯。归来三径重扫，松竹本吾家。却恨悲风时起，冉冉云间新雁，边马怨胡笳②。谁似东山老，谈笑静胡沙。

【注释】

①欹斜：倾斜，歪斜。
②胡笳：古代北方民族的一种乐器，状似笛子。

【豪词酌香】

在众人眼中，秋日多半是萧瑟与凄凉的，而叶梦得开篇则用秀丽笔墨，将秋天渲染得格外清亮。黄昏将至，薄雾氤氲，白霜微洒，黄花初绽，宛如一幅淡雅秋景图。

叶梦得生性耿直，因不愿在官场的染缸中被染得面目全非，于是上书辞官。之后虽隐居湖州，但是仍心系家国，听闻大宋一味求和，胸中难免郁结不平之气。然而，他天性开朗豁达，萧然的秋暮，在他的笔下，明净而疏旷。

他简陋的房舍，掩映在黄花中，一条小路曲曲折折蜿蜒远方。这般清幽之景，应该极为契合词人隐居的情趣，然而词人却发出"问山翁何事，坐看流年轻度，拚却鬓双华"的叹语。日子一天追赶着一天，渐渐串成了年月，词人在这山林中，空把时光消磨。想当年，他在战场中浴血奋战，立下赫赫战功，不想之后高宗向金割让国土换取偏安，自己被迫辞官。如今回想往事，叹息英雄暮年，徒生华发，自然伤怀不已。

为摆脱心中愁闷，词人只好信步游走，来到居所附近的太湖边。此时，烟波无际，天色明澈，水染霞光，本以为这般美景会让他胸中郁结之情随之一空，但当他遥望天际，又生出更为沉重的喟叹。

自己辗转一生，随风流浪，最终却一事无成。既然无处施展抱负，在岁月中蹉跎，倒不如"归来"，与松竹为伍。看似洒脱，但把梦遗落在战场上的滋味，唯有在逐渐暗下去的日子里，独自消受。

心中的愤慨，怎可能被平静的生活湮没，当抬头看到大雁向南迁徙，阵阵寒风带来北方边境的消息时，词人往日平静似水的情绪，便又会像湖面猛地掀起一阵飓风，波澜四起，久久不息。然而，生在如此荒唐的时代，又能奈何呢，唯有长叹一声罢了。

此时自己已老,再不能如谢安一般东山再起,强敌压境的局面,不知何时才能解除。

《题石林词》中有言:"(叶梦得词)能于简淡处时出雄杰,合处不减靖节、东坡之妙,岂近世乐府之流哉!"正道出叶词微旨。

人生如寄,不怨夕阳

——朱熹《水调歌头·隐括杜牧之齐山诗》

江水浸云影,鸿雁欲南飞。携壶结客何处?空翠渺烟霏。尘世难逢一笑,况有紫萸黄菊,堪插满头归。风景今朝是,身世昔人非。

酬佳节,须酩酊,莫相违。人生如寄,何事辛苦怨斜晖。无尽今来古往,多少春花秋月,那更有危机。与问牛山客,何必独沾衣。

【豪词酌香】

晚唐时,杜牧和好友在重阳节带着美酒登上牛山。俯身远望,翠峰赶来簇拥,流云来去自由,此种良辰美景,使得这位从未伸展平生意志的诗人胸怀舒展畅快,顿生感慨,故而挥笔就是一首《九日齐山登高》。时光如梭,岁月流转,几百年之后,当朱熹亦在重阳节登临高山后,眼见高爽中略带萧瑟的秋景,忽而想起杜诗。文人之间或许心有灵犀,于是朱熹便循着前人足迹,换一种文体,作此抒情词。

词人登上秋山后,倒映在江水中的无限秋景映入眼帘。一江春水,融化了天光云影;万里长空,包容了鸿雁南飞。提着酒壶,呼朋引伴,登高远眺,满眼翠绿的山色,缥缈的烟霏。相逢一笑,忘却尘世烦忧。紫色的茱萸、黄色的菊花,缤纷地插在头上。登高怀古,多少人感叹往事如烟,只有这令人欢愉的风景一如从前。

　　佳节之际,应该是举杯大饮,即便喝得酩酊大醉,但总算没有辜负大好时光。指缝太宽,留给世人的时间又太瘦,何苦寻愁觅恨怨东风。既然夕阳无限好,又何必惆怅近黄昏,只管尽情享受便好。古往今来,沧海桑田,春花秋月,绵延的时空和生命的乐趣相融汇。人世无常,变幻难定,无人幸免,所以无须太执着。

　　词人登临望远,丝毫不见前人的惆怅,有的只是享受眼前美景的欣喜、赞誉自然的豪放。在朱熹的哲学世界里,天、地、人本来就是一体的。上下四方曰"宇",往来古今谓"宙"。生生不息的宇宙和绵延接续的人生一样,充满勃勃生机。

　　杜牧在诗中的旷达是一种无可奈何的自慰,读来难免压抑。而朱熹一经化用之后,把自然与人生结合,成了积极面对人生的寄语。词人以理性的思辨解读生活和自然,大快人心。

军旅梦醒,两鬓斑白
——刘克庄《沁园春·梦孚若》

何处相逢,登宝钗楼,访铜雀台。唤厨人斫就,东溟鲸脍,围人①呈罢,西极龙媒。天下英雄,使君与操,余子谁堪共酒杯。车千乘,载燕南赵北,剑客奇才。

饮酣画鼓如雷,谁信被晨鸡轻唤回。叹年光过尽,功名未立,书生老去,机会方来。使李将军,遇高皇帝,万户侯何足道哉。披衣起,但凄凉感旧,慷慨生哀。

【注释】

①围人:养马之人。

【豪词酌香】

每个男人的心中都有一个军旅梦,在他们的内心深处总为自己留有一片海阔天空、金戈铁马、侠肝义胆的天地,这是男人的梦,也是男人的魂。刘克庄也不例外。虽然刘克庄在诗词上颇有造诣,但他似乎并不满意自己词人的身份,在他的许多作品中可以看到,他将自己塑造成为忠肝义胆、义薄云天的英雄。生于乱世,刘克庄的词和同时代其他词人比起来多了一些悲壮与激昂。

南宋末年的荒乱是无法想象的,对于刘克庄来说,这个风云际会的年代应该是他施展抱负的好时机,可是事与愿违,南宋皇帝并不愿收复失地,重整山河,只想安守江南一隅,过着自欺欺人的生活。

刘克庄是悲愤的,怀才不遇、报国无门是每一个胸怀天下的男人都无法忍受的痛苦。然而现实就是如此,愤懑之情无法抒发,他便只得写于词中。

这首《沁园春》,以怀念朋友的梦境作为起笔,将自己的内心情感抒写出来,词的上片是写梦境,一场与朋友相逢的美梦,梦中登高望远,意气风发,二人如三国群英一般豪情万丈,在铜雀台直抒胸臆,好不痛快。

不管梦中多么激情澎湃、豪气干云霄,梦醒之后,还是要回到格外残酷的现实。词人年华逝去,可是功名未立,机会就这样在日日的虚度中流失,待到最后两鬓斑白的时候,还是一无所成。

想要为国效力,这样的愿望似乎并不难实现,但是在刘克庄看来,这就好像是一个奢望,所以在奢求无果之后,他只能黯然离场。如果国家已经不再需要他,那么,他便悄然走开,总好过留下却无事可做的尴尬。

人生苦短,不如归去
——王旭《春从天上来·退隐》

绿鬓凋零。看几度、人间春蝶秋萤。天地为室,山海为屏。收浩气、入沉冥。便囊金探尽,犹自有、诗笔通灵。谢红尘,且游心汗漫,濯发清泠。

平生眼中豪杰,试屈指年来,稀似晨星。虎豹关深,风波路远,幽梦不到王庭。任浮云千变,青山色、万古长青。醉魂醒,有寒灯一点,相伴荧荧。

【豪词酌香】

不管你怎样看待人生,珍惜或者虚度,它都如滔滔江水般一去不复返。既然时光匆匆人生苦短,不如舍弃在朝廷中只争朝夕,不再为进取而奔忙,而是归去,遗世独立享受属于自己的人生。就像庄周梦蝶,浑然不知哪里是现实哪里是梦境。滚滚红尘,不妨卸下心灵的重负,在时光的洪流中止步,然后静静地聆听山的呼吸、水的叮咚。

李白有诗云:"浮生若梦,为欢几何?"在这匆忙行走的人间,能有几个人有时间有心情反思人生？除非机缘巧合，得遇名士指点，或可从中体悟生命的刹那与悲欢。

元代词人王旭是个聪明人，懂得人生苦短，便选择遁世葆真，此是人生的大智慧。

人生几度春秋过，青丝倏然便凋零，不以功名为念，驰心沉冥之中，齐物无我，得大同之道，得大解脱之自在妙处。词人无意于世间的荣华富贵，而用诗笔描摹自然趣味。纵然是英雄豪杰，人生也只若是白驹过隙，又何必为了功名利禄，奔走不息。故他不仅不为功名所累，"任浮云千变，青山色、万古长青"，只于醉中度过时日，以寒灯为伴。

这才是深晓隐中真趣之人。退隐之志，高蹈之怀，于节奏舒缓的词中，静静入人心怀，其悠然潇洒的胸襟，有几人能超越？

再大的手掌，也握不住如水的光阴，却可以找到时光的碎片，如同一叶叶诗词，有的写着珍惜青春，应该充实而勤奋，也有的悄悄地告诫人们"偷得浮生半日闲"，褪去浮华，才能给心灵以宁静的港湾。"日子怎么过，快乐不快乐"，每寸偷闲或忙碌的时光，都藏着人们深深的眷恋。嬉笑怒骂，每一个生动的刹那，都是时光留给未来的标本。

而今未老，不须清泪
——高启《念奴娇·自述》

　　策勋万里，笑书生骨相，有谁曾许？壮志平生还自负，羞比纷纷儿女。酒发雄谈，剑增奇气，诗吐惊人语。风云无便，未容黄鹄轻举。

　　何事匹马尘埃，东西南北，十载犹羁旅？只恐陈登容易笑，负却故园鸡黍。笛里关山，樽前日月，回首空凝伫。吾今未老，不须清泪如雨。

【豪词酌香】

　　入世还是出世？不管在太平盛世还是动荡乱世里，这是所有人才贤士都会遇到的选择。满腹经世之才，倘若不去报国，岂不空负！可是，即使有了入世的愿望，现实中未必有途径来实现，学富五车者不见得会被重要的人赏识，怕只怕报国无门，空自嗟叹，不如"采菊东篱下，悠然见南山"，到头来豪情壮志也只能埋没于田园荒野。

　　高启出生在战乱动荡的元末，想要像班超一样"策勋万里"，建功立业，永垂青史，却空有满腹经纶，无人赏识。词人自负才华满腹，不愿过着蝇营狗苟的庸碌生活，想要为国贡献一己之力。那些胸无大志的平庸之辈岂能与他相比？酒后高谈阔论治国谋略，挥剑气势如虹所向披靡，落笔惊天地泣鬼神，豪迈气度从未衰减。可叹世事难料，他的鸿鹄之志无法轻易实现，想要施展拳脚却不逢天时地利。

十年里，他犹如一个飘零流落在异乡的过客，辗转四方，身心疲惫却找不到可以安身立命的报国之所。独善其身，难免被陈登一般的豪侠之士耻笑；心怀天下，又辜负了鸡黍田园。究竟是入世关怀民生疾苦、忧心国家社稷，还是举杯对月今朝有酒今朝醉，出世过平淡安逸的隐居生活？词人纠结万分，不知如何选择，只得"回首空凝伫"，陷入了苦闷的沉思中。

这首词是典型的豪放风格，读起来字字铿锵有力。"风云无便，未容黄鹄轻举"，他平生狂放不羁，自称"酒发雄谈，剑增奇气，诗吐惊人语"，由此可见分晓，豪情壮志溢于言表，果真惊人；"吾今未老，不须清泪如雨"，也体现了诗人的洒脱向上；"只恐陈登容易笑"与"羞比纷纷儿女"呼应，都表明了作者不与那些只看重个人小家得失而不理国家安危治乱的苟且之辈为伍的志向。

高启看清官场黑暗腐败，早年便隐居田园。后薛相士拜访时，言其"脑后骨已隆，眉间气初黄"，一定会成就一番大业有所作为，于是又触动了他早已深埋的报国之志，遂写下此词，表达了出世和入世的矛盾纠结。

20

聚散悠悠,白了人头
——王越《浪淘沙》

远水接天浮,渺渺扁舟。去时花雨送春愁。今日归来黄叶闹,又是深秋。

聚散两悠悠,白了人头。片帆飞影下中流。载得古今多少恨,都付沙鸥。

【豪词酌香】

人生不如意事十之八九。命运的大浪浮浮沉沉,又岂是个人可以完全左右的?羁旅之人就像那无根浮萍任凭风吹雨打,他们风餐露宿,心性却也在寂寞的旅途中得到了磨砺,对人生况味、悲欢离合,往往能体会得更加通透。

明朝武将王越一生三次出塞,身经百战,见惯了战场上的血肉厮杀;他的仕途也起起伏伏,见惯了官场上的尔虞我诈。这样波折的人生经历必然影响着他的文学创作,让他的词别有一番风味。

在路途中,词人望着浩浩荡荡的江水流向天际,思绪万千。与山水自然相比,人的力量太过渺小,有风发意气也罢,有老骥伏枥的壮志情怀也罢，终究逃不开滚滚红尘的羁绊，王越也是如此。江水悠悠不停息，时间又何曾不是这样？犹记得当初离开家乡时，漫天落红飞舞，仿佛一场花雨打湿了他的心。如今，行走在归家途中，已是深秋，满树的黄叶在眼前闹腾着，迷离了游子的双眼，也迷离了他的心。他已经不再是不羁的少年，历经过太多的苦痛与别离，看到满目秋叶，他只会想到自己的人生也已步入了萧瑟的深秋，不觉悲从中来。

聚聚散散，悲欢离合，让他满头华发，人生的光阴正是在一次又一次的出发与归来中流逝的。悲也罢，喜也罢，愁也罢，恨也罢，只能无可奈何地接受。

既已知逝去之事不可追，未来颠沛不可改，又何必为其苦恼呢？不如抓住眼前的美好时光，享受一切可享受之事，付出所有力所能及的努力，及时行乐，又只争朝夕。想来古今多少恨事，都能被江水承载，都能赋予沙鸥，何不让那滔滔流水，也将他所有的愤懑和感伤，全都送入那大海！

第二章 登临望远,想洗尽千古愁

怀古情思，穿越千年
——王安石《桂枝香·金陵怀古》

　　登临送目。正故国晚秋，天气初肃。千里澄江似练，翠峰如簇。归帆去棹残阳里，背西风、酒旗斜矗。彩舟云淡，星河鹭起，画图难足。

　　念往昔、繁华竞逐。叹门外楼头，悲恨相续。千古凭高对此，谩嗟荣辱。六朝旧事随流水，但寒烟衰草凝绿。至今商女，时时犹唱，《后庭》遗曲。

【豪词酌香】

　　如果将此词看作一幅画，除了能从其中看到故国晚秋的肃杀，唯剩下在澄江边迎风伫立的那位老者。

　　金陵的美，既源于自然风光优美，钟灵毓秀，还因为六朝建都于此，那种厚重的历史沧桑感赋予了它无可超越的地位。它是最易打开文人追思的一把钥匙。如今，王安石也被这座城触动了情怀。杨湜在《古今词话》中这样说："金陵怀古，诸公寄调于《桂枝香》者三十余家，独介甫最为绝唱。"

正是深秋时节，词人登高远望，眼前绵延千里的长江如一条长长的丝带，翠碧的山峰交错叠映，座座毗邻。纵目远望，斜阳映照之下的是点点帆樯，往来交错在江波之上。西风阵起，不远处有山村中的酒庐悬挂着的酒旗，迎风招展。彩舟云淡，一群群白鹭在江面盘旋，就如同洒落在河洲之上的点点繁星。蜿蜒而去的江水，来来往往的小舟，随风而起的酒旗，这一幕幕绝美景色，就算手中握有丹青妙笔，恐怕也不能将它们一一收入画卷之中。

感叹之中，思绪似乎又回到了六朝绵软的歌声里。六朝的往事已如流水般匆匆而去，曾经的纸醉金迷，都未能逃出灰飞烟灭的结局。唯有秦淮河畔翠绿的一草一木皆如往昔。唯有那"门外楼头"的悲叹之语，年年相续。

夜深沉，金陵城中的桂枝不管过了多少年，依旧散发着令人迷醉的香气。夜色伴着花香，袅袅唱的是时空之外的《后庭》遗曲。那秦淮河上是永远的烟笼寒水，月如薄纱，在桨声灯影中伸出手去，打捞起的不是离愁，而是穿越千年的寂寞。

美好回忆，最难消受
——陈与义《临江仙·夜登小阁忆洛中旧游》

　　忆昔午桥①桥上饮，坐中多是豪英。长沟流月去无声。杏花疏影里，吹笛到天明。

　　二十余年如一梦，此身虽在堪惊。闲登小阁看新晴。古今多少事，渔唱起三更。

【注释】

①午桥：洛阳一桥名，相传唐代裴度有别墅在此。

【豪词酌香】

　　张炎《词源》卷下评价此词："真是自然而然。""自然而然"正是对这首《临江仙》最恰切的评价。陈与义擅长作诗，作词只是偶尔为之，且完全未受北宋末年富丽雕琢风气的影响，故而能以诗法入词，既开拓词境，又使词作显得超旷自然。

　　在战争中流离失所，尝尽了世间艰辛与苦楚，方才体悟"当时只道是寻常"的细碎时光，再不会回来，但也不会消失至无。

辗转无眠时，窗外的弯月愈显得明亮，陈与义索性披上衣服，携着二十多年前的往事，登上铺满月华的小阁，让汹涌而来的回忆，填满此时寂寞的心房。

还记得那时志同道合之士同聚绿堂，这里风景如画，水榭凉台错落有致，掩映成趣。彼时金兵尚未南侵，天下也太平无事，正是繁华极盛之时。身处盛世，心情自然如成行飞过晴空的白鹭，明朗中是掩不住的豪气。宴席之上，觥筹交错；座中之人，慷慨而歌，伴着红粉佳人浅吟低唱，此般盛景，实在是令人销魂。

月华如画，皎洁似琥珀，流水脉脉，无声向远方，水光月影荡漾起一片清幽的明静。桥边枝叶扶疏，杏花正白，树下月影斑驳，月下花影朦胧，月色与花香融为一片，甚为清幽雅致。豪俊们欢娱达旦，畅怀大饮，又有一支销魂笛曲伴随到天明，真是良辰美景，赏心乐事。彭孙遹《金粟词话》中评价"杏花"和"吹笛"这两句时说："词以自然为宗，但自然不从追琢中来，亦率易无味。如所云绚烂之极仍归于平淡。……若《无住词》之'杏花疏影里，吹笛到天明'，自然而然者也。"

原来美好的回忆，最难消受。

当时的月光、杏花、笛声还在记忆当中清晰显现，然而回视当下境况，却觉得这些繁华的过往恍如梦境。往事堪惊，故而今时今日却要以"闲登""新晴"来排解郁卒之情。国破家亡的悲恸，身世飘零的忧愁，犹如麻绳，交错缠绕，这千古之事，这复杂的心绪，就让它们通通在三更的渔唱中被融合、消解吧。

谈笑之间,洗尽千愁
——陆游《水调歌头·多景楼》

江左占形胜,最数古徐州。连山如画,佳处缥缈著危楼。鼓角临风悲壮,烽火连空明灭,往事忆孙刘。千里曜戈甲,万灶宿貔貅①。

露沾草,风落木,岁方秋。使君宏放,谈笑洗尽古今愁。不见襄阳登览,磨灭游人无数,遗恨黯难收。叔子独千载,名与汉江流。

【注释】

①貔貅:古书上记载的一种凶猛的野兽,此处指代军队。

【豪词酌香】

古人登临高楼,总有按捺不住的感慨喷涌而出。宋孝宗隆兴二年(1164年),陆游时任镇江通判,陪同镇江知府方滋游宴北固山,有感即兴赋成此作。

多景楼在今镇江北固山后峰甘露寺内,临江而建,若在楼上极目远眺，千里吴楚尽收眼底，故宋人米芾诗曰"天下江山第一楼"，此七字匾额至今尚见于多景楼门首。

词人登高临远，极目吴楚，群山巍峨，长江滚滚，在这占尽江左形胜之地，在烟云缥缈、若有若无之间矗立着一座多景楼。山川好似它的魂魄，长江如同它的筋骨，气势雄浑，声势磅礴。滔滔江水，翠碧群峰，让词人想起了三国孙吴联兵抗曹的战争场面。画角铿锵，烽火连营，戈甲耀眼，旌旗星罗，悲风飒飒，这豪迈阵势，真如在词人眼前一般，让他血脉偾张，按捺不住内心激情，欲要横戈跃马，甩鞭扬起万丈风尘，将敌军斩于马下。

当年陈子昂独登燕台，凭吊古今，将天地之伤悲尽揽入怀中，写下"念天地之悠悠，独怆然而涕下"的孤独。如今陆游登临多景楼，亦有此感。英雄杳杳，前不见古人，后也不见来者，悲伤之情难免袭来。秋日萧瑟苍茫，落木飘摇凉薄，寒露浸湿征衣，就如当今气数将尽的南宋一样，怎不让词人惆怅。然而，方滋携宾朋登楼，宴席中挥斥方遒，谈笑间便将千愁万绪抛诸脑后。词人的壮志之心，从未成灰。

西晋时，名将羊祜曾镇守襄阳十年，常常登览岘山，作诗饮酒。十年间，他领军屯田、储粮、力主伐吴，虽未成功，却为灭吴做了大量准备工作。再看当今的方滋又何尝不是这般呢？他尽职尽责，发奸撼伏，严而不苛，经理财赋，颇著政绩。南宋的收复大业，斯人合该担得起来。

这首词甫一问世，就博得了张孝祥的大加赞赏，他是与陆游同时期的著名词人，为本词题序，并"书而刻之崖石"。这首吊古鉴今的佳作，把壮景、壮怀付诸一首壮歌，且心事多于景事，引人感慨喟叹。

心中梦想，被埋深处
——辛弃疾《南乡子·登京口北固亭有怀》

何处望神州？满眼风光北固楼。千古兴亡多少事？悠悠。不尽长江滚滚流。

年少万兜鍪①，坐断东南战未休。天下英雄谁敌手？曹刘。生子当如孙仲谋。

【注释】

①兜鍪：古代打仗时戴的盔，这里指千军万马。

【豪词酌香】

辛弃疾多次书写登楼之作，无非是给无处宣泄的情愫寻一个出口，这一次他登上的正是北固楼，风景具现于眼前，虎踞龙盘的山势和浩瀚奔腾的潮水却未能拂去他心中的尘埃。

辽阔与婉媚兼具的风光已经视而不见，他直言问"何处望神州"，问得情真意切又黯然凄凉，此时南宋与金朝以淮河为界，各自为政，他站于长江之滨的北固楼上，翘首遥望中原之地，不免有风景不殊、江山易主之感。这一问，问出几多心酸，几重泪水。他一直梦想收复中原失地，无奈直到满头华发，也从未遂愿。

面对不尽长江，思绪渐渐扩大至千秋百代。古往今来，曾有多少兴亡大事？无限江山如画，云卷浪涌有气吞万里的势头，但顷刻间也就易主。昨日还属于一个国家的连绵沃土，转眼就被另一个君王踩在了脚下。当一切都成往事，斜阳映着暮草，黄昏掩盖了枯败，逝去的光阴，还有逝去光阴里的故事，都无须强求挽留，只有那悠悠不尽的长江水，日夜向东流。

漫游在历史的洪荒中，辛弃疾把视野投放在了"千古风流人物"孙权身上。他临危受命，少年当政，统领数万大军，独霸东南，连年抗击敌人进攻，从未屈服，终使吴国鼎立天下，"坐断东南"，在曹、刘这样的英雄面前，也丝毫不逊色。难怪曹操会说："生子当如孙仲谋。"

辛弃疾的激昂文字，总是用胆识与谋略来支撑，即便撤去他的满腹才华，他那"到死心如铁"的执念亦会指点着笔墨，力透纸背，挥洒出如刀戟般坚硬，也如蒲苇般柔韧的词章。他以六十岁之躯，赞誉孙权，又何尝不是在激励自己坐镇京口，要如少年时那般慷慨激昂。那从灵魂深处抖搂出来的精神，犹如朝阳般欲要放出万丈光芒。

《南乡子》继承了辛弃疾一贯的豪放风格，语调激昂，感情澎湃，通过咏史来抒发对时局的忧患。

变尽人间,伤感满怀
——戴复古《柳梢青·岳阳楼》

  袖剑飞吟。洞庭青草,秋水深深。万顷波光,岳阳楼上,一快披襟。

  不须携酒登临。问有酒、何人共斟。变尽人间,君山一点,自古如今。

【豪词酌香】

  戴复古以诗闻名江湖间,为江湖诗重要作家,存词虽少,却首首皆是豪健轻快之作,这首《柳梢青》由登岳阳楼所见美景,而顿生感慨国运的情怀,可见其豪迈而又苍凉的胸怀。

  《唐才子传》记载,吕洞宾曾于岳阳楼处饮酒,醉后留诗曰:"朝游南浦暮苍梧,袖里青蛇(指剑)胆气粗。三入岳阳人不识,朗吟飞过洞庭湖。"此词以"袖剑飞吟"起首,开端即出笔不凡,将词笼罩在豪迈奔放的氛围中。

  此时已是深秋,洞庭湖草深水深,颇有一番寂寥又凄美的味道。词人写洞庭,纵然着墨不多,却精练有致,"青草""秋水",看似平淡无奇，而"万顷波光"却道出另一番广袤明朗的境界。"万顷波光"是对"洞庭青草，秋水深深"的续接，用一种大而疏放的手笔，极为凝练地勾勒出洞庭湖的深沉和阔博，大显其浩瀚汪洋的气概，极见情致。

而在这壮悲宏大之景中，伫立着豪情满怀的词人。他临风于岳阳楼中，不惧秋冷，不畏严寒，心境孤高，遗世独立。潇洒之中，自是与苟且偷安的奸佞之徒不同。此时，洞庭湖只是凸显豁达放旷形象的背景，词人也唯有在不沾尘埃的洞庭湖中方才淋漓尽致地畅怀，景致与人物相互映衬，相得益彰。

上阕大开大阖，及至下阕词人却多出了感伤孤寂、苍凉无限的伤国情怀。文人雅士登临岳阳楼时，往往饮酒赋诗，慨叹人生，然而，词人因为没有志趣相投的人相伴，无人能与他饮酒畅谈，便无奈地道出"不须携酒登临"，冷落之中荡出了一层层散不尽挥不去的无奈与悒郁。

面对风雨飘摇中的南宋，面对收复北方领土无望的现实，戴复古无法做到像其他登临者那般潇洒舒心，这"一点"君山，虽然自古无大变化，然而世事难料，南宋相较于以往王朝的风光和昌盛，已是十分衰败，前途命运危在旦夕，词人如何不伤痛？

英雄失志,诗酒消愁
——吴渊《念奴娇》

我来牛渚,聊登眺、客里襟怀如豁。谁着危亭当此处,占断古今愁绝。江势鲸奔,山形虎踞,天险非人设。向来舟舰,曾扫百万胡羯。

追念照水然犀,男儿当似此,英雄豪杰。岁月匆匆留不住,鬓已星星堪镊。云暗江天,烟昏淮地,是断魂时节。栏干捶碎,酒狂忠愤俱发。

【豪词酌香】

牛渚山,位于安徽当涂西北处,下临长江。其山脚在江中突出之地,形势险要,名为采石矶,是古今南北战争的兵家必争之地。南宋词人吴渊登临此地,内心感慨良多,怀古伤今之感油然而生。

登高俯瞰,眼前尽是广袤无垠的江淮大地和天险横生的浩荡长江,词人心胸顿时豁然开朗。一个"豁"字,极言他纵览万里、驰骋今古后内心的轻松与畅快。对于此地之险要和风景之独绝,词人不禁问道"谁着危亭当此处,占断古今愁绝"。偌大世间,主宰山川绝胜的是谁,掌握世事沉浮的又是谁?周遭无声,这急切的追寻也便如绣花针沉入大海,再无踪迹。

江面如巨鲸奔腾不止,山势如猛虎踞于此处,这震慑人心的天险,让人忍不住要赞叹大自然的鬼斧神工。那场"采石矶大捷",虽已过去数年,蒙了尘埃,但词人每每想起彼时激战,便觉大快人心,涌起满腔豪情。

一个地方,本平淡无奇,但因有传奇的故事,便有了温度与生命。然犀不过是一座小亭,但因了燃犀照水的故事,而有了历史意蕴。《晋书·温峤传》曾记载,将犀牛角点燃便可看见怪物,后人将此传说引申,便有了洞察奸佞之义。词人运用于此,显然是对抗击外患、革新内政英雄人物的含蓄赞叹。

词人也曾想像史册中的英雄一般,有一番作为,无奈却白了少年头,空悲切。在清瘦残酷的现实面前,他只能在"云暗江天,烟昏淮地"的写景中发出自己"断魂"般的悲叹。纵然是捶碎栏杆,酒狂忠愤皆发作,亦是无济于事。

《宋史》中评价吴渊为"才具优长,而严酷累之"。作为一介有识之士,其词常常充斥着忠愤的爱国之情。这首《念奴娇》壮声英概,激昂悲愤,通过描写牛渚山的盛景和然犀亭的绝妙,宣泄满腔悲愤,自然而有深度。

归去来兮,无奈为之

——李曾伯《沁园春·丙午登多景楼和吴履斋韵》

天下奇观,江浮两山,地雄一州。对晴烟抹翠,怒涛翻雪,离离塞草,拍拍风舟。春去春来,潮生潮落,几度斜阳人倚楼。堪怜处,怅英雄白发,空蔽貂裘。

淮头,房尚虞刘,谁为把中原一战收?问只今人物,岂无安石,且容老子,还访浮丘。鸥鹭眠沙,渔樵唱晚,不管人间半点愁。危栏外,渺沧波无极,去去归休。

【豪词酌香】

在柔韧的时光中,无法阻挡的是流水,无法改变的是有志之人欲救民于水火的心。那一日,当李曾伯登上镇江胜景之一的多景楼,俯仰古今,感慨身世,便用笔和着血、和着泪,写下对国事衰败的痛心疾首。

登楼作赋,是中国文人的一个悠久传统。魏晋时期的王粲登楼远眺,只见满目疮痍,怆然涕下,遗下千古名篇《登楼赋》;同样是魏晋时代的《古诗十九首》里,某位为了名利汲汲奔走的无名文人，在四处碰壁、无人赏识的困境中，唱出了"西北有高楼，上与浮云齐"的哀歌；到了千古壮哉的盛唐，王之涣《登鹳雀楼》，留下"欲穷千里目，更上一层楼"的名句，尽显盛唐人踌躇满志、锐意进取的豪情。

多景楼素有吴琚"天下第一江山"的匾额，又有焦山、金山两山相对相望，"鬼设神施"，如同浮在江面上一般。空中晴烟缭绕，江岸翠草簇簇，水中怒涛翻涌，好似层层雪浪。明艳色泽中，又赋予一种变幻不定的动感，实令人心动。离离原上草，长势繁茂；寥寥江中舟，顶风冒进，给人一种力量，亦是岁月流逝的一种感触。

春去秋来，潮起潮落，人间万事、千古英雄也不过如夕阳一般，渐渐成为暗夜来临前的注脚。战国之时，苏秦曾游说诸国，历时十年，却空无成效，悻然归乡时，方才发觉早年的黑貂裘已磨破。而自己又何尝不是另一个苏秦呢？国家危亡，岁月流逝，却不能有所建树、力挽狂澜，唯有空叹英雄白头、貂裘破旧。

就在这已成边境的镇江滩头，蒙古骑兵气焰嚣张，南宋政府却束手无策。词人不禁悲叹"谁为把中原一战收"。亡国灭种的关头，神州大地谁主沉浮？纵然胸怀"舍我其谁"的壮志，也得不到重用，这焉能不让词人愤懑？

看淡世事，词人干脆高唱陶渊明的《归去来兮辞》，欲要相忘于江湖，或是访求浮丘道人。眼前鸥鹭于沙间安眠，渔樵于舟中唱晚，风景这边独好，丝毫不管人间半点愁，越发衬得词人惆怅。末句一个"休"字，让他怒而归隐的无奈心态无处遁形。

词中意境虽旷达,却有种强作欢颜之感,据《宋史》记载,李曾伯上书朝廷"乞早易阃寄,放归田里",不久却因故被罢免。只得以失意寥落之心还乡终老,实在让人慨叹。

心似潮涌，怒涛拍岸
——周密《闻鹊喜·吴山观涛》

天水碧，染就一江秋色。鳌戴雪山龙起蛰，快风吹海立。

数点烟鬟青滴，一杼霞绡红湿。白鸟明边帆影直，隔江闻夜笛。

【豪词酌香】

周密作词向来以格律严谨著称，为宋末格律词派的代表作家。这首《闻鹊喜》采用"观海潮"这一主题，秉承了他一贯的炼字风格。此词就像是一部杰出的纪录片，不仅有强烈的视觉冲击力和衔接连贯的剪辑功力，更有一支笛曲作为谢幕曲，让人真切地感受到自然的神奇与美妙。

一日词人登上吴山，观赏潮来潮涌时分深沉壮阔的景象。大潮来临之前，平静中总蕴藏着悸动。远远望去，天水一色，呈现出沉郁的青碧之色；满江的秋水浩浩荡荡，似在孕育着一袭大浪。

忽然之间，海潮奔涌而来，尽显平地起波澜之势。"鳌戴雪山龙起蛰，快风吹海立。"在此，词人用三个比喻来形容海潮的势头。

奔涌咆哮而来的海潮，既像是巨大的鳌龟背负着雪山，又像是潜蛰深海的蛟龙陡然惊起，还像是疾风将海水吹得直立起来。如此生动的比喻，颇能给人以身临其境的感觉，将读者带往场面惊心动魄、气势恢宏凌厉的观涛现场，体会巨浪滔天、怒涛拍岸，似有神兽要吞噬人间的感觉。

波澜壮阔的海潮退后，远山青黛尽在迷蒙之中，于轮廓间只见几点苍翠；天际的红霞，宛似一段刚刚被清水涤荡过的绯色绡纱；白色的水鸟展翅翱翔在天际，天水相接之处，还可见点点帆影矗立。此时，暮色渐渐降临，隔着迷蒙的江面，隐隐可以听到婉转悠扬的笛声。以"隔江闻夜笛"一句收束全词，颇能达到以动衬静、意蕴悠长的效果，使得全篇景、境、情达到近乎完美的融合。

周密在词中描绘了浙江大潮的全过程。大潮来临前和大潮退去后的宁静美景占据了主要的篇幅，关乎大潮磅礴气势的描写仅有一句，但是整个过程巧妙地融合衔接在一起，丝毫没有突兀的感觉。迷离静谧的江景，更能凸显大潮一瞬间的雷霆之势，给人以强烈的心灵震撼。

浮云遮眼,不见长安
——白朴《沁园春·金陵凤凰台眺望》

独上遗台,目断清秋,凤兮不还。怅吴宫幽径,埋深花草,晋时高冢,锁尽衣冠。横吹声沉,骑鲸人去,月满空江雁影寒。登临处,且摩挲石刻,徒倚阑干。

青天半落三山,更白鹭洲横二水间。问谁能心叱,秋来水净,渐教身似,岭上云间。扰扰人生,纷纷世事,就里何常不强颜。重回首、怕浮云蔽日,不见长安。

【豪词酌香】

当年李白遭奸佞之臣谗害失信于唐玄宗,一挥袖便离开了长安城。待他来到江南,醉情在氤氲山水中,又登上金陵凤凰台时,更是豪情诗情迸发,泼墨即成一首《登金陵凤凰台》。此词以用典和写景、抒情的完美结合,旷达高远又略带伤感的吟咏,遂成文学史上独特的凤凰咏叹调,又有"古今题咏,唯谪仙为绝唱"之赞誉。

时间乘白驹而游,几百年后,元代杂剧作家亦登上了早已闻名的凤凰台,且循着前人的诗意,隐括成词,将古人的伤感嫁接到自己身上。

站在高处，本就是一种落寞的姿势，何况是独自一人。极目远望，目之所及皆是与心灵相契合的秋日色泽，草木凋零，落叶满山，偶有一阵风吹来，亦是凉到彻骨。风去楼空，唯有长江之水浩浩荡荡日夜奔流。曾经繁华一时的吴国宫苑已经颓废衰败，只剩下断壁颓垣；晋代的风流名士如今已然作古，成为一座座坟冢。

白朴生于亡国之邦，尝尽了兵伐战乱的苦楚，凭吊六朝陈迹，又何尝不是抒发自己对故国沦亡的忧愁怅恨？

晋人向秀路经山阳旧居时听闻幽幽怨怨的笛声，便怀念亡友嵇康。这笛声仿若也传到了白朴耳中，让他禁不住忆起与故友畅怀大饮的豪情岁月，可惜，世事难有圆满，这一切早已贴上"过去"的标签。李白也乘鲸而去，今夜唯有词人看着月辉洒满湖面，雁影清瘦凉薄。最怕倚栏杆，却也只能倚靠栏杆，或许只有这般才能让怀古之思、黍离之悲、长恨之情，缓缓稀释。

过去的终究已过去，留下的也还要继续，故而白朴将视线拉回到现实中。高耸入云的三山好似坐落于青天之外，远处的秦淮河被白鹭洲一分为二，犹如一幅美丽的山水图，意境悠远，气势磅礴。且问世间，还有比秋空、比流水更为清明洞彻的吗？岭上漂浮的白云，来去自由，不为世所牵绊，合该是最好的选择。人事纷纷扰扰，词人欲要去闲云秋水中寻求超脱，却不料回首时，还是担忧白云蔽日，望不见长安，望不见家乡。

第三章 繁华落尽，泪为苍生而流

金陵旧事,最易入梦
——张昇《离亭燕》

一带江山如画,风物向秋潇洒。水浸碧天何处断,翠霭色冷光相射。蓼屿荻花洲,掩映竹篱茅舍。

云际客帆高挂,门外酒旗低亚。多少六朝兴废事,尽入渔樵闲话。怅望倚层楼,寒日无言西下。

【豪词酌香】

金陵这座古城,无论是来过的人,还是已经离去的人,抑或是只在书卷中相逢的人,都会做一场有关它的梦。

梦中的秦淮河星光满载依旧,桨声灯影依然。那些关于乌衣巷、桃叶渡、桃花扇的金陵往事,也都因为世人一次次打捞,而从未销声匿迹。然而每当回忆起唱着《后庭花》的歌女不知去了哪里,王侯将相脱下战袍,丢下山河而逃,心中都会生出浓厚的惆怅。

这首《离亭燕》用冷峻的笔调,描绘出历经六朝风雨的金陵江山秋景图,以此道出对历史更迭、时代变迁的深刻思考。

金陵之地,江水绕山,山邻江水,山水交映,风景如画。最是秋日之时，天高云淡，高爽脱俗，明丽清雅，别有一番韵味。极目处，江水滔滔一望无际，碧空万里广阔悠远，水天相接，浑然一色。晴空澄澈清碧，江水闪烁冷光，天光水色相互映衬，精致萧疏而清丽。"浸"字用得甚妙，既表现出江水碧空的相合相融，又增添了水入澄空的动态之感。小洲中蓼茭与荻花，在长风斜过的午后瑟瑟摇曳，一起一伏中，甚至能隐隐约约看到"竹篱茅舍"的江边人家。

在这般疏朗的景致中，人最易入梦。

极目远望，客船上高挂着白帆，烟霭朦朦之中，依稀可见酒家的旗子低低垂下。虽字字写景，却字字含人，有了酒家便有了生命的痕迹。脉脉秦淮，铮铮金陵，见证了六朝更迭；车水马龙，纸醉金迷，又见证了千古帝王的笑容和眼泪，也见证了大宋由盛及衰的命运。然而无论成王与败寇，所有往事故人最终都只是成为"渔樵闲话"，是非成败转头空，唯有这秦淮明月，作为历史的冷眼，静静地看着。历史之思深沉浓厚，万般思绪化作无言，唯有倚楼望远，只见夕阳沉默西下。

现代学者薛砺若《宋词通论》中评价："此词于冷隽中寓悲凉之感。阕中如'霁色冷光相射'，'寒日无言西下'句，尤觉冷艳触人心目，而语意无穷。"恰到好处地点出了张昪极力营造的词境。

心怀苍生,英雄落泪
——贺铸《六州歌头》

少年侠气,交结五都雄。肝胆洞,毛发耸。立谈中,死生同。一诺千金重。推翘勇,矜豪纵。轻盖拥,联飞鞚,斗城东。轰饮酒垆,春色浮寒瓮,吸海垂虹。闲呼鹰嗾犬,白羽摘雕弓,狡穴俄空。乐匆匆。

似黄粱梦。辞丹凤,明月共,漾孤篷。官冗从,怀倥偬,落尘笼。簿书丛,鹖弁如云众①,供粗用,忽奇功。笳鼓动,渔阳弄,思悲翁。不请长缨,系取天骄种,剑吼西风。恨登山临水,手寄七弦桐,目送归鸿。

【注释】

①鹖弁:原指武将的官帽,此指武官。

【豪词酌香】

晚清著名词家陈廷焯评贺铸的词时有言:"方回词,儿女,英雄兼而有之。"这首《六州歌头》就很好地体现了贺铸词的英雄之气,历来被作为《东山词》的压卷之作。

任侠之风起于战国，在汉唐之时极为兴盛，直至宋代仍留有遗风。其重承诺、讲义气、轻生死的特点深得欲要干一番大业之人的心。贺铸为豪迈之人，他结交的朋友亦具有旷达的品性。少年时，他们肝胆相照、生死与共、豪放不羁、英勇盖世。带着鹰犬狩猎，踏平狡兔之巢；围聚豪饮，可吸干海水，气魄如虹。言辞中，结交豪雄之情，吞吐山河之势，令人无限神往。然而，以"乐匆匆"三字收尾，似有转折之意。

欢愉的生活总是如箭穿梭，倏然间便烟消云散。匆匆美梦，朝气蓬勃的生活原来只如一枕黄粱。赏心乐事的青春一掷如梭，沉沦困厄的官宦生活逐渐取代了少年侠客的快乐。

原本是行侠仗义、豪情满怀的少侠，立志报国，却误入牢笼般的官场，在案牍中劳形，不能驰骋沙场、建功立业，一腔抑郁，化为满肚子的牢骚。三字一顿犹如层层巨浪，直指苍天埋没才华的不公。长歌当哭，英雄泪，洒满襟。"剑吼西风"四个字把所有的悲愤与激越推向了狂怒的高峰。词作结尾三句峰回路转，"恨"字一出，怒吼变成了悲凉。凌云之志无处施展，只能抚琴诵词，看山水孤鸿。

贺铸一生不得志，却心系国家与百姓，称得上侠之大者。这首《六州歌头》笔力雄浑苍健，上承苏轼，下启南宋辛派，在词史上有着不容忽视的地位。

行歌坐钓,雪落满身
——李纲《六幺令》

次韵和贺方回金陵怀古,鄱阳①席上作。

长江千里,烟淡水云阔。歌沉玉树,古寺空有疏钟发。六代兴亡如梦,苒苒惊时月。兵戈凌灭。豪华销尽,几见银蟾自圆缺。

潮落潮生波渺,江树森如发。谁念迁客归来,老大伤名节。纵使岁寒途远,此志应难夺。高楼谁设。倚阑凝望,独立渔翁满江雪。

【注释】

①鄱阳:临鄱阳湖,治所在今江西省波阳东。

【豪词酌香】

长江奔腾而下,烟波浩渺,水面宽阔无际,构成金陵城的一道天险,确配得上"天堑"之称。正是这一有利的地理条件使金陵成为六朝古都。然而奔腾不息的江水尽数带走了金陵历朝历代的繁华,也带走了红粉佳人遗落的金簪银钗、丝竹管弦，唯有金陵的古寺仍在敲响疏宕浑成的钟声，仿佛在慨叹着古今兴亡。

"六代兴亡如梦，苒苒惊时月"，时光弹指而逝，六朝的兴废至此，又苒苒数百年。空中月轮，圆了又缺，缺了又圆，亘古如此，而金陵城却在岁月中经历着无数战火，销尽了过往的繁华。

看着眼前烟波渺茫无际，江边树木森然茂盛的景致，词人不禁感慨万分。本怀着满腔热血，欲要挽起袖子在将倾的时代大干一场，却被朝廷放逐，辗转在他乡，做了一名流浪的过客。两鬓添了白发，梦想却丝毫没有起色，又怎不让词人怨恨、愤懑？

然而，有志之人总不会轻易向现实低头，愈是恶劣的境遇，愈能激起他们的斗志，李纲便是这般。在贬谪途中，他仍坚定不移地表明心迹："纵使岁寒途远，此志应难夺。"即使遭遇挫折，梦想遥不可及，这份为国为民的抗战志向也永远不会更改。

登上层楼，倚栏凝望，词人看到寒江之中渔翁独钓，与柳宗元"孤舟蓑笠翁，独钓寒江雪"所塑造的形象何其相似。在不能改变国家污浊的氛围时，自己能做的就是让自身高洁清远、遗世独立。纵然恢复中原的梦，最终以破碎收场，但正是这染了血色的坚持，让李纲的人生有了让人钦佩的特质。

金陵怀古词，后人多以王安石的《桂枝香》为绝唱。李纲的《六幺令》或许在艺术上及思想上皆不如前者，但贵在直抒抱负，将自己磊落的胸怀与坚定的理想一咏三叹，虽为怀古，实则评点现实，呈现出一个政治家的坚决立场和高远志向。

徒倚霜风,悲从中来

——袁去华《水调歌头·定王台》

雄跨洞庭野,楚望古湘州。何王台殿,危基百尺自西刘。尚想霓旌千骑,依约入云歌吹,屈指几经秋。叹息繁华地,兴废两悠悠。

登临处,乔木老,大江流。书生报国无地,空白九分头。一夜寒生关塞,万里云埋陵阙,耿耿恨难休。徒倚霜风里,落日伴人愁。

【豪词酌香】

南宋词人袁去华任善化县令时,曾在深秋时登上定王台。此台雄踞在洞庭之滨,古湘州的地界,依仗奇峰峻岭的险势,历经千百年风霜的洗刷,仍声势不改,是何等大气磅礴!再看那残存的台基,有百尺之高,巍然耸立,依稀可以想象出当年台上的雕梁画栋、彩壁飞檐。

满目雄壮之景,使词人心潮澎湃。他的视线仿佛穿越了时空隧道,看到当年定王台的主人刘发坐镇此地,威风凛凛。当年刘发到此游玩,旌旗随风招展，仿佛虹霓悬挂在天空中。千乘万骑前呼后拥，鳞次栉比，浩浩荡荡；那响彻云霄的急管高歌，仿佛在词人耳边回响。

然而，当词人回过神来，再看周围之景，只剩断壁残垣和丛生的杂草，周围一片寂静，连鸟叫声都不曾听到。几度春秋，浮华褪去，让人不觉悲从中来，繁华从来难久，盛衰之势更是无法预料。

宋朝曾经也繁盛强大，国家风调雨顺，百姓安居乐业，这样的辉煌又延续了多久？如今，面对金兵铁蹄的践踏，朝廷一再退让，大宋江山岌岌可危。而词人空有报国之心，却是力不从心，空悲切，白了少年头，只得看着老树枯枝在秋风中瑟瑟发抖，浩浩荡荡的江水向东奔流不息。念及此，词人心似凌迟。

金兵猝然南下，势不可当，就像一夜北风，凄厉寒冷。大好河山残破不堪，百姓流离失所，就连那皇家陵阙也变得黯淡无光。面对这样的衰败之势，上至君王，下至朝臣却只能坐以待毙，国家岂有不亡的道理？

词人忧愤难平却又束手无策，心中焦急万分却又无可奈何，一时语塞，只得重重叹息一声，将情感寄托在那萧瑟的秋风里，藏匿在那昏黄的落日中。

乘风归去，横扫千浪

——张孝祥《水调歌头·和庞佑父》

雪洗虏尘静，风约楚云留。何人为写悲壮，吹角古城楼。湖海平生豪气，关塞如今风景，剪烛看吴钩。剩喜然犀处，骇浪与天浮。

忆当年，周与谢，富春秋。小乔初嫁，香囊未解，勋业故优游。赤壁矶头落照，肥水桥边衰草，渺渺唤人愁。我欲乘风去，击楫誓中流。

【豪词酌香】

大雪洗净了金兵侵略的尘埃，所有的厮杀暂时归于平静，而风云好似有感情一般，将词人留在了荆楚之地。战胜后的喜悦与不能效力的痛苦在词人心中交织，喜中含悲。此时不知何人在城角吹起了悲壮的号角声，那声音如同潮水倾泻一般，声声入耳，敲打着词人的心。此处的"写"字，把不可触摸的声音物化，从侧面烘托出号角声的雄壮，同时也展现出词人苍郁的内心。

绍兴三十一年（1161年）十一月，中书舍人、督视江淮军马府参谋军事虞允文率军在东采石打败金主完颜亮，赢得宋室南渡以来难得的捷战。捷报传来，心系国家安危的张孝祥自是格外欣喜，但是由于他没能亲自参战，这份欣喜中还夹杂着遗憾。本有豪情壮志，欲要一试身手，却无缘杀敌，只得在文墨中表达自己的希冀。想到关塞之地，仍然有待收复，不由得拿出刀剑，借着灯光仔细检查刀锋，犹如辛弃疾"醉里挑灯看剑"一般。

或许是看得出神，词人不禁思绪翩然，仿佛自己已经飞跃山河，来到采石战场。通观上阕，想象奇特，词境雄壮，词人听到捷报后的亢奋、悲慨情绪溢于言表。

在这悲中带壮心情的影响下，词人不禁由采石之战想到三国时的赤壁之战与东晋的淝水之战。周瑜与谢玄建立功业时皆正值年富力强的大好年华，而自己又何尝不愿像周瑜、谢玄一样大展宏图呢？天下英雄，不仅功成名就，更有红粉美人相称，绝色小乔从侧面将周瑜的豪气烘托得无以复加。

然而，如今的赤壁矶头与淝水桥边，皆笼罩在暗淡的夕阳之中，衰草连天，寂寞而又荒凉。词人想到祖国大量失地有待收复，而如同周瑜、谢玄那样的大将却是少之又少，不禁愁从中来，刚刚还兴奋的心情转眼间化为虚无。但词人不气馁，亦不会一味沉浸在忧伤的气氛中，而是发出了"我欲乘风去，击楫誓中流"的呼声，他愿意乘着风飞奔至前线，击楫中流，扫清中原的敌人。

词作充满豪情壮志，感情慷慨激昂，振聋发聩，喊出了词人从戎的强烈愿望，亦鼓舞着有志之士同仇敌忾为国效力。

梦想的花，谢得太快
——辛弃疾《鹧鸪天》

有客慨然谈功名，因追念少年时事戏作。

壮岁旌旗拥万夫，锦襜突骑渡江初。燕兵夜娖银胡䩮，汉箭朝飞金仆姑。

追往事，叹今吾，春风不染白髭须。却将万字平戎策，换得东家种树书。

【豪词酌香】

回首往事，当年的悸动还留在心中。那一年，辛弃疾如雄鹰、如鸿鹄的光景，依然如泼墨的油画一般，鲜活如初，从无褪色。

战场上，大风凛冽，旌旗翻飞，风尘万丈，意气风发的辛弃疾统率千军万马，挥戈操戟，以迅雷不及掩耳之势突破金军的重重封锁，以泰安为基地，南取兖州，西取东平，北取济南和淄州，而后渡江南走，不容敌人有片刻的喘息。

次年辛弃疾奉敕南归，宋高宗于建康召见，并授予其承务郎的职位。而完成使命的他，在回海州路上听闻耿京为叛徒张安国所杀，义军已然溃散后，便招募五十骑，直奔张安国驻地。他如探囊取物一般将张安国活捉，并带回临安交给南宋朝廷明正国法。他一路上束马衔枚，历尽艰险，不分昼夜，抵达宋金两国交界淮水之地方才停歇，这一段经历就连天子听闻后也喟叹不已。

"壮岁旌旗拥万夫，锦襜突骑渡江初。燕兵夜娖银胡䩮，汉箭朝飞金仆姑"，"拥""渡""娖""飞"，双方鏖战的场面如千层浪般，一波未平，一波又起，不容分说便朝人们直面涌来。彩色的锦襜、银色的胡䩮、金色的仆姑，有灵动之光，亦有律动之美，在声色交合、动静相融中，辛弃疾的凛然豪气令人屏息。

"追往事，叹今吾"，这一"追"一"叹"中，包含了太多的挫折与沧桑。纵然当初红遍了大江南北，他却再没有受到机遇的垂青。南归以后，他便被放逐，放逐在时代的边缘，放逐在梦想之外。曾经的青葱少年，如今已是白发苍苍，他能做的便也只有把"万字平戎策"，换成"东家种树书"。

暮年之时仍敢于回忆少年壮事，也是一种勇气，纵然以悲剧收尾，但穿插其中的豪情无论如何也掩饰不住。虽已是耆老之年，但他仍将战场视为心灵栖息的地方。

这段少年往事，虽然仍存活于记忆中，但已被时光裹挟而去，永不再回来。辛弃疾以为那场征战是人生的开始，却看不透结局已埋好了伏线，更无从预料这是第一次，也是最后一次与梦想如此接近。可叹他的愿望开得太早，又谢得太快。梦想美好，现实却冰冷。繁华褪尽后，一切不过是虚无缥缈的烟云，一吹便散。

55

岁月无情，物是人非

——吴潜《满江红·金陵乌衣园》

柳带榆钱，又还过、清明寒食。天一笑、满园罗绮，满城箫笛。花树得晴红欲染，远山过雨青如滴。问江南池馆有谁来，江南客。

乌衣苍，今犹昔。乌衣事，今难觅。但年年燕子，晚烟斜日。抖擞一春尘土债，悲凉万古英雄迹。且芳尊随分趁芳时，休虚掷。

【豪词酌香】

清明怕是人间最美的时节了。此时天光晴好，柳绦飘摇，榆钱成串。园内盈满游春之人，美女如云，乐声朗朗，一片繁华欢腾。如若遇上一阵疏朗微雨，景致便更为沁人心脾。园中繁花翠草经过春雨冲刷，洗掉了平日的尘埃污垢，显得分外明丽。百花鲜妍妖娆，远山青翠欲滴，花之红，山之青，皆是十分明丽耀眼的。

就是在这般销魂之景中，南宋词人吴潜与其兄长一同来到乌衣园中游赏。眼眸中涌进这天朗气清、惠风和畅的清明美景，心情合该是欢快明媚的,然而作词格调沉郁、激昂苍劲,善于感慨时事的吴潜,并非如此。

心中的感慨无处宣泄,词人便让这莫名的情愫流淌成笔下的词章。这首词以游园为线索,抒情为主旨,情景相称,古今相比,在冲突中宣泄其内心郁结。

吴潜此前一年中曾任淮西总领兼沿江制置使和建康知府两个要职,但不久便遭罢黜,被贬为淮西财赋总领。仕途受挫,词人心中难免郁郁寡欢,只好寄寓于词作中。他此时在金陵为官,游览金陵名胜,应该身居主位,却以"江南客"自比,这个"客"字将他此时心中的悒郁道尽。

词人身处古人宅院,自然而然联想到古人故事,然而昔时王谢已成过往,其嘉言嘉行也再无觅处,徒留小巷园景依然如故。思绪至此,词人不由感叹物是人非。岁月蹉跎,乌衣园经历了繁华与萧条,只留下燕子年年飞来相伴,只剩下袅袅余烟点缀着黄昏。

他与兄长本欲借此一游抛却官场烦忧,谁料来到乌衣巷园又让吴潜心中生出无限悲凉。或许不甘庸庸碌碌的人,才会在凭吊古迹时,生发出壮志难酬的悲愤与寂寥。罢了罢了,又何必在这大好春光中消磨时光呢,姑且举杯畅饮,休要虚度年华,哪怕秉烛夜游也是好的。好男儿应该建功立业,报效国家,却只能用玩乐将心中的落寞塞满,何其悲怆。

这首词正是其豪情飞扬的代表之作。此词无一字写悲,却处处含悲,情感由隐至显,由浅到深,颇具意味。

故地重游，莫要登高
——吴文英《高阳台·过种山即越文种墓》

帆落回潮，人归故国，山椒感慨重游。弓折霜寒，机心已堕沙鸥。灯前宝剑清风断，正五湖、雨笠扁舟。最无情，岩上闲花，腥染春愁。

当时白石苍松路，解勒回玉辔，雾掩山羞。木客歌阑，青春一梦荒丘。年年古苑西风到，雁怨啼、绿水萦秋。莫登临，几树残烟，西北高楼。

【豪词酌香】

夕阳余晖下，小舟随着潮回靠岸，词人来到越国故地，重游种山，登上山顶的他不由万般感慨。霜冷而弓断，但沙鸥还是被机心所惊堕。纵然南宋摇摇欲坠，自己仍是壮心未死，欲要为国效力。

在灯前照看已然断了的清风宝剑，自己驾着一叶扁舟，披蓑戴笠，抵挡风雨，遨游五湖，难以言明的痛楚一寸寸吞噬着词人的心。再看文种墓石岩上的"闲花"真是无情，竟仍带着千年前的血腥，染出一片春愁。"染"字用在此处奇佳，使具象的"腥"与抽象的"愁"

紧密结合，触目而惊心。

　　文种下葬当日，白石路通往墓前，苍松位于道路两旁，送葬玉辇回去之时，雾气笼罩，连青山都为文种之死而感到羞愧，感慨忠贤之臣的悲惨命运。王尔德曾说，青春是一根烟。一根烟，点烟之际就离幻灭不远了，英雄人物的青春一梦更是短暂到令人伤痛，秋坟山鬼歌罢，忠贤之士也落得"荒丘"之下场，词人的悲凉之感油然而生。

　　种山一带的古越林苑，再不见古人，只留下西风飒飒穿行，鸿雁在绿水与蓼花的缝隙间，悲鸣哀啼。古事如此，今日又何尝不是这般了。词人站在山巅，极目远望，看到的皆是南宋残破不堪的山河以及国运不兴的现状，失望与悲痛之下，便发出"莫登临"的感慨，内心的痛楚可想而知。

　　此词用笔幽邃，感慨遥深，虚实结合，构思巧妙自然。词中借对文种的凭吊，阐明对忠贤之死的悲愤和同情，进而抒发对现实的伤感，实乃怀古词中之佳作。吴文英素来词风密丽，雕琢工丽，在艺术技巧方面有其独到之处，他在辛弃疾、姜夔词之外，自成一格。周颐《蕙风词语》卷二云："近人学梦窗，辄从密处入手。梦窗密处，能令无数丽字，一一生动飞舞，如万花为春；非若涠蹙绣，毫无生气也。"

无可奈何，且图一醉

——吴文英《八声甘州·灵岩陪庾幕诸公游》

渺空烟四远，是何年、青天坠长星？幻苍崖云树，名娃金屋，残霸宫城。箭径酸风射眼，腻水染花腥。时靸双鸳响，廊叶秋声。

宫里吴王沉醉，倩五湖倦客，独钓醒醒。问苍波无语，华发奈山青。水涵空、阑干高处，送乱鸦斜日落渔汀。连呼酒，上琴台去，秋与云平。

【豪词酌香】

灵岩山，位于苏州之西，名胜古迹颇多，而以吴国遗迹最负盛名，其中夫差为西施建造的馆娃宫、琴台，更让人生发联想。吴文英与同僚游览至此，见吴国遗迹而生怀古情感，又联想到南宋国事，不禁有感而发，遂作此词。

烟云杳渺，漫天密布，空间无垠，而与空间相对的，正是荒古难名的时域。在此情此景下，词人不由惊异地设问：在茫茫之空间和渺渺之时间下，此高耸之灵岩是如何遂出？莫非其由青天坠落之巨星遂成？长星坠地，幻化出灵岩山之"苍崖云树""名娃金屋"以及"残霸宫城"，笔致迤逦暇豫，想象奇特不凡，勾勒皴染间，就给灵岩山增添了一层奇异色彩。

箭径冷风吹来，不禁让人眼酸。吴宫佳人，脂粉逆流成河，流出宫墙，使沿岸的花朵草木染了脂粉之香气，亦沾了美人之体香。一个"腥"字，就把词人感情色彩和盘托出。他置身于此，当年的"时靸双鸳"已不复存在，空余下萧瑟的秋叶落地声。今昔对比，果然是最柔软也最尖锐的力量，不经意间将让词人极力隐藏的情愫泄露。

西施有沉鱼之姿，一回首、一粲然间便倾倒世人。吴王自然将她捧在手心，爱到极处，竟然连山河都拱手让出，殊不知西施只是一个诱人的鱼饵，她的使命就是以绝世容颜倾倒一个国家。当众人皆陪夫差沉醉时，唯有"五湖倦客"范蠡清醒自明，急流勇退。这"倦客"又何尝不是词人自己呢？既有着对江山兴亡的愤恨，又有对时政的深深担忧。

此时金兵屡屡进犯，南宋国事不堪，词人怅然生悲，欲问苍天，而苍天无语；欲问流水，流水亦无情。青山苍翠依旧，而华发早已簇生，报国无门的忧愁与愤懑如猎猎西风一般，霎时便将词人吹寒。可世间就是这般黯淡，又能怎样呢，不过是登上层楼，倚栏而望，看那浩浩渺渺的太湖涵溶万里碧空，目送乱鸦在夕阳的斜照中落在渔汀上。

面对此情此景，词人的思绪已由幻境回归现实，不禁百感交集。此时也唯有酒，能稀释词人郁结的忧愁。一句"连呼酒"，透露出词人之豪旷气概,登上琴台,斟满酒杯,一饮而尽,恍然觉得秋气与秋云齐高,内心的沉郁也在秋高气爽中得以舒展。

或许,这只是暂时的吧,酒醒之后,看到山河苍凉,又会愁容满面。

追古怀今,历史重演
——完颜璹《朝中措》

襄阳古道灞陵桥①,诗兴与秋高。千古风流人物,一时多少雄豪。

霜清玉塞,云飞陇首②,风落江皋③。梦到凤凰台上,山围故国周遭。

【注释】

①灞陵桥:即霸桥。《三辅黄图》载:"霸桥在长安东,跨水作桥。汉人送客至此桥,折柳赠别。"

②陇首:指陇山之巅。

③江皋:江边的高地。

【豪词酌香】

西风吹叶的襄阳古道,常见远行游子的模糊身影;长安城郊的灞桥,更是古人折柳相赠依依送别的地方。而作为金国宗室的完颜璹,并非借此吟咏离别,而是在金朝国势迅速衰落之际缅怀古时英豪。

襄阳自古地灵人杰,吴楚名将伍子胥、光复汉室的刘秀、功盖三分国的诸葛亮、东晋儒将羊祜，在这里留下了英名。而灞陵一带，史上曾发生过无数次大战，一统华夏的秦始皇、开创大汉朝的高祖刘邦、雄才大略的唐太宗李世民，曾在这里留下身影；韩信、张良、卫青、霍去病、李广，在这里留有辉煌的战绩。

畅想千古赫赫的各位英豪，引发与清秋高天一样的豪迈诗兴。可再好的诗句，也莫过于苏轼的"千古风流人物"和"一时多少豪杰"的意境。完颜璹便直接把苏词化在自己的词篇里，抒发企盼英雄出现的真情。他从古时英雄联想到今日竟没有挽救国家危局之人，深切担忧国家的前途和命运，慨叹现世缺乏栋梁之材。

玉门雄关的清霜、陇山之巅的乱云、江边高地上的烈风，一股脑地涌入他的愁怀，然而这秋来寒凉让人感受的愁情又怎能有国愁沉重？李白曾在《登金陵凤凰台》中云："吴宫花草埋幽径，晋代衣冠成古丘。"繁华之景最终不过成荒丘，这多让人叹惋；刘禹锡曾在《石头城》中云："山围故国周遭在，潮打空城寂寞回。"一切皆化为乌有，只剩下潮水一波波涌来，一波波散去，这又多让人伤怀。金国燕京昔日繁华、昌明的盛世不也如李、刘二人诗中所描述的，行将成为历史古迹吗？

完颜璹是金世宗的亲孙，博学多才，平生诗文甚多，最后在蒙古军攻打汴梁的围城中病亡，元好问推其为"百年以来，宗室中第一流人也"。写这首词时金国衰象已明又无法挽回，完颜璹的心情十分沉重，因政治环境的险恶又不敢直接表白，只能凄婉地透露忧国心声。

兴衰罔替，历史必然
——纳兰性德《浣溪沙·小兀喇》

桦屋鱼衣柳作城，蛟龙鳞动浪花腥。飞扬应逐海东青。
犹记当年军垒迹，不知何处梵钟声。莫将兴废话分明。

【豪词酌香】

康熙二十一年（1682年），纳兰性德扈从康熙第二次东巡，小兀喇是此次东巡的最末几站。邻于松花江边的小兀喇在世人眼中是一座庞大的造船厂，自顺治年代为了抵御俄国入侵而设。而今康熙帝借东巡之名再次来到这座为军备建设而生的城池，其用意不言而喻。

当年纳兰性德的祖先叶赫部与努尔哈赤的建州女真部曾在广袤的雪原林海中激战。而小兀喇，正是叶赫部的属地。直到那时，小兀喇还保留着叶赫部当年以鱼为食、鱼皮做衣的传统。

当年，纳兰曾祖金台石与努尔哈赤在开原以北鏖战，因孤军无援终败于努尔哈赤麾下，城破之时毅然自绝于火场。将门之后的纳兰明白，兵家胜败之事多为形势所迫，往往不是人力可以决定的。

玉石俱焚的刚烈，城亡我亡的气魄，曾祖的壮烈深深触动了纳兰。

六十多年后，纳兰又站在了这片土地上，当年焦裂的废墟与成河的血流已消失不见。疯长的青苔掩盖了土地原本的模样，仿佛迫不及待地要掩盖杀戮后的痕迹，却是欲盖弥彰。脚下的土地，哪一块曾踏上先祖的足迹，哪一块浸润了先祖的血汗，哪一块又是战火停歇的边缘？六十年，四代人，当初经历这场战争的生命此刻都已回归于土地。而沉睡的土地本身承载了太多的疑问，它甚至连一个暗示都不曾给，就这样继续沉寂了下去。

江山易主的规律自商周朝开始，轰轰烈烈近两千年，哪一个朝代能万古长青？秦汉，唐宋，盛极一时的帝国尚且在劫难逃，一个小小的叶赫部又怎能逆转被灭亡的命运呢？

梵钟清朗的声响回荡在小兀喇的空中。想来或许讽刺，以善教化人的梵钟响起在制造屠戮工具的厂房中，在保家卫国的名义背后，同一屋檐下的善念与恶行并肩而立，竟然并不显得那么突兀。

纳兰承袭了家族的血液，本也应忠于这血液中流淌的骄傲。然而成者王侯败者寇，既然再无翱翔的天空，与其枯坐井底，在困窘中一点点消磨掉胸中的豪迈，莫若舍身于纷飞战火中，用被毁灭的肉体滋润这片已千疮百孔的土地，用难以被战胜的灵魂再见证它的下一次繁华。作为叶赫部的后人，纳兰无力阻拦历史前进的脚步。然而那些曲折的过程、激烈的抗争将永载史册，即使数百年过去，也依旧保有惊天地、泣鬼神的力量。

第四章 断壁颓垣,都曾是故土

国破之日，干戈才止

——李煜《破阵子》

四十年来家国，三千里地山河。凤阁龙楼连霄汉，玉树琼枝作烟萝。几曾识干戈？

一旦归为臣虏，沈腰潘鬓消磨。最是仓皇辞庙日，教坊犹奏别离歌。垂泪对宫娥。

【豪词酌香】

"作个才人真绝代，可怜薄命作君王。"清代袁枚曾援引《南唐杂咏》中的诗句如此评价李煜。或许他生来就迷恋墨香，命运却偏偏安排他做了高高在上的君王。

李煜在金陵城内豪华的皇宫里长大，雕龙绘凤的宫殿楼宇高耸入云，奇花异草点缀其间，一眼望去，烟雾缭绕、丝萝缠绕，俨然人间仙境。生活在极致繁华的宫殿中，他不知打江山的凶险，也不懂守江山的不易，故而等到宋军杀来，他的求生欲望瞬间占了上风，稀里糊涂就成了赵匡胤的俘虏，北上途中，与他同行的都是凯旋的宋军。

南唐从立国到亡于李煜之手，不过四十年，这三千里大好河山就变了主人。昔日不识干戈的君王，在亲眼目睹了战争的残酷后，只有一声长叹。城破国亡在一瞬间发生，战事如此匆忙，以至于李煜在沦为俘虏后有短暂的错愕与迷茫。旦夕之间，他从高处跌落谷底，昔日繁华远去，留下一片苍凉。

亡国带给他的打击如此巨大，以"沈腰潘鬓"来形容他的憔悴也不过分。北上之前，憔悴潦倒的李煜率领族人，最后一次祭拜宗庙。他曾多次在这里祭天祭祖，只不过，这一次却没了帝王的排场，只有一个不肖子孙深深地忏悔。赵匡胤一直催促李煜速速上路，并没有留给他多少时间——胜者为王败者寇，李煜可谓是赵匡胤的战利品，宋主不需要对他有太多耐心。因此，连最后拜别祖庙时，李煜也失了体面与敬重，显得异常仓皇。

由李煜亲自创建的教坊，已经奏响了离歌。哀伤的曲调中，他看到平时服侍自己的宫人，想到自此后再见不到熟悉得如同体肤的南唐旧地、旧人，终于忍不住哭泣起来。

很多人认为李煜当在宗庙内痛哭流涕，向祖宗忏悔，向南唐子民谢罪，而不该"垂泪对宫娥"。国破日尚眷恋美色不知悔改，真是把帝王风范丧失殆尽。而王国维先生却对此持相左意见，认为此举恰恰表现出李煜的真性情。

随着李煜辞庙，李昪建立的南唐最终覆亡。国破之日，干戈才止。纵然此后李煜垂泪的时刻愈来愈多，但他终究彻底告别了战争的威胁。

血性文人,击缶而歌
——张元干《石州慢》

己酉秋,吴兴舟中作。

雨急云飞,惊散暮鸦,微弄凉月。谁家疏柳低迷,几点流萤明灭。夜帆风驶,满湖烟水苍茫,菰蒲①零乱秋声咽。梦断酒醒时,倚危樯清绝。

心折。长庚②光怒,群盗纵横,逆胡猖獗。欲挽天河,一洗中原膏血。两宫何处,塞垣只隔长江,唾壶空击悲歌缺③。万里想龙沙④,泣孤臣吴越。

【注释】
①菰蒲:菰和蒲。
②长庚:金星的别名,古时认为金星征兆兵戈之事。
③唾壶空击悲歌缺:唾壶即唾液的容器。《世说新语》载:"王处仲每酒后辄咏'老骥伏枥,志在千里。烈士暮年,壮心不已。'以如意打唾壶,壶口尽缺。"
④龙沙:本指白龙堆沙漠,亦泛指沙塞,这里借指徽、钦二帝被掳后囚居之处。

【豪词酌香】

秋凉之节，吴兴太湖水边忽然风吹雨来，斜风同时把乌云吹得乱卷，几只乌鸦惊叫着四处飞散。入夜后雨停风歇，月亮载着凉意升上天空，照向岸边稀稀落落的矮柳，数点萤虫忽明忽暗地流动，躲避着寒凉。

此时一只船从流萤低飞、疏柳低垂的湖面穿过，驶向月色朦胧的湖内，船中酒瓮一具，醉人一个。湖中烟水茫茫，水中菰蒲繁茂，零乱交错碍船行。岸边的秋虫鸣叫声和冷风吹过的沙沙声把舟中人唤醒。他觉得酒醉减轻了许多，回想方才一串的噩梦，靠在桅杆上痴坐，任小船随风漂泊。

夜泊太湖，酒醉方醒，抚事生哀，依桅长叹。张元干是被战事逼到吴兴来的，他咀嚼梦中与金人鏖战的清晰场景，随即回过神来，这何尝是一场梦——不久前金兵大举南下，新继位的高宗狼狈南逃，长江以北全部被金兵占领。想着近来逆胡猖獗，北兵南犯，刘豫降金，苗傅作乱，盗贼蜂起，反旗狂狷，他仰天寻找那颗征候兵戈的长庚星，此天下大乱之际，长庚星的精光一定是怒射的。

眼映耿耿银河，杜甫"安得壮士挽天河，净洗甲兵长不用"的诗句在脑中浮现，顿时胸中豪情悲慨塞得满满："一洗中原膏血"是他心中最大的块垒，国耻未雪，寝食难安；"两宫何处"使他揪心般痛，徽、钦两位国君都被掳被囚，做臣子的情何以堪；"塞垣只隔长江"是他最大的痛，大好国土被强虏占领，边界被挤到了长江一线，这还是我华夏江山吗？

因为太哀伤，所以词人拿起船中的空酒坛子，一边敲打一边唱起悲歌。想象着东晋王敦敲着痰盂高唱"老骥伏枥,志在千里。烈士暮年,壮心不已",他问自己还能不能奋扬而起为雪国耻、复中原而战。

他回答自己:我这个不被君王重视的臣子,仍渴望去龙沙边塞一展雄威,仍切盼投入抗敌复国的战争。

未能报国的悲伤情调充斥在字里行间,更多的是心忧和无奈。

张元干虽是文官出身,却时时不忘抗金大业,身体力行。其遗留词作180余首,内容十分丰富,不少写坚决抵抗金兵侵扰的情形和抱负,作品洋溢着爱国激情,慷慨悲凉中见磊落之气,深受时人称赞,这首《石州慢》就被清人陈廷焯评为"忠爱根于血性,勃不可遏"。

英雄挥泪,赤子情怀

——张孝祥《浣溪沙》

霜日明霄水蘸空①,鸣鞘声②里绣旗红。澹烟衰草有无中。万里中原烽火北,一尊浊酒戍楼东。酒阑③挥泪向悲风。

【注释】

①明霄:明亮的天空。水蘸空:天空如蘸到了水一样,形容水天一色。

②鸣鞘声:刀剑出鞘声。鞘是刀剑的套子。

③酒阑:酒喝得已有几分醉意的时候。

【豪词酌香】

正是秋日降霜的季节,青冥无云,张孝祥登上城头戍楼,见荆州郊外的长湖水与远天相接,迷蒙一片。他侧耳倾听,军营刀剑出鞘的声音遥遥传来,锐利刺耳;举目前方,红色的战旗迎风招展,能够看得见上面的刺绣图案。遥望远处,青烟澹澹,长野茫茫,衰草铺地,莽莽无垠,直至杳渺……

古时的荆州地处军事要冲,东晋和南朝时为长江沿岸的军事重镇，南宋与金国对峙时此地位置更显重要。张孝祥时任荆南知府兼荆湖北路安抚使，这天与幕僚马举先一同登城楼观察郊外对敌防御工事。清秋气爽，景色颇佳，但满怀爱国热忱的张孝祥哪还有心欣赏风光，登楼望远看在眼里的是战旗舞动、衰草澹烟，听在耳里的是冷厉的刀剑声，感受到的是一派军戎肃穆的森森气氛。

察看过防御工事，他的思绪已进入对故国的怀想——万里中原尽沦陷敌手，边塞的烽火已烧在荆州，原本的疆土反成了敌国的后方。思虑至此心情甚为沉重，为排遣郁怀，他命人在城楼上置酒与马举先小酌几杯，可哪知酒中所谈的事和所展开的思绪，使悲慨增至十分：中原父老盼望王师北伐，而朝廷软弱无能，只求苟安不思收复失地，诸将有心杀敌却被主和派排挤，雄夫枉有回天之志，壮士空怀复土梦想。七分酒意后悲情难抑，索性痛哭一场，若非身在戍楼便要向天悲声长啸。即使如此也泪水泉涌不止，便以手抹泪迎风向空肆意挥洒。

史称张孝祥是才华卓绝、英伟不羁的人，二十三岁高中状元，十几年的官场生涯屡遭打击，然而一直坚决主战，三十八岁英年早逝，当时不少人为之扼腕叹惜。这首抒发悲痛情怀的词与其《六州歌头》同为南宋前期的爱国词名作，让人清晰地触摸到了一个英烈赤子跳荡的脉搏。

投笔请战,不要空谈
——刘克庄《贺新郎》

实之三和有忧边之语,走笔答之。

国脉微如缕。问长缨何时入手,缚将戎主①。未必人间无好汉,谁与宽些尺度。试看取、当年韩五②。岂有谷城公③付授,也不干、曾遇骊山母④。谈笑起,两河路。

少时棋柝⑤曾联句。叹而今、登楼揽镜,事机频误。闻说北风吹面急,边上冲梯屡舞。君莫道、投鞭⑥虚语。自古一贤能制难,有金汤、便可无张许⑦。快投笔,莫题柱。

【注释】

①戎主:敌方首领。
②韩五:宋抗金名将韩世忠,在兄弟中排行第五。
③谷城公:西汉张良遇谷城公(即黄石公)传授《太公兵法》。
④骊山母:唐将李筌得骊山老母讲解《阴符经》而立大功。
⑤柝:古代打更用的梆子。
⑥投鞭:前秦苻坚进攻东晋,面对敌方有长江险固,前秦苻坚称我方有近百万军队,把马鞭投进长江,就足以截断江流。
⑦张许:指张巡、许远,安史之乱时,他们坚守睢阳,坚贞不屈。

【豪词酌香】

南宋时，异族不断入侵，国运衰微、命若游丝。面对家国危亡、山河破碎的惨痛，刘克庄豪气填膺，仰天长问，不知自己何时才有机会请缨成功，驰骋沙场、擒缚敌将。然而，南宋朝廷的偏安心态注定词人的等待将是漫漫无期，可是他依然期待着报效国家的机遇。

此时不但金人占领的大片土地没有收复，崛起于漠北的蒙古又逐渐南侵，而朝廷却仍麻木地想继续偏安一隅，权贵们更是嫉贤妒能，朝中无人，国势垂危。关心国运的刘克庄此时热切希望能够振作朝纲，选贤任能，屈敌固国。他直呼"未必人间无好汉"，只要朝廷信重能人，英雄豪杰必会响应，国家的危亡可以挽回。

难道人间真的没有英雄吗？显然不是，南宋初年的"泼韩五"韩世忠，出身行伍，既没有如西汉张良遇奇人黄石公传授《太公兵法》，也没有唐将李筌得神仙骊山老母讲解《阴符经》，却能在谈笑之间大战两河，击溃敌军，斩获战功，为国家的边疆安定贡献自己的一份力量。借韩世忠之例，词人想对当政者说，不要等待天上神仙赐予人才，只要不嫉贤妒能必会得到韩世忠那样的杰出人才，国脉可望继续延续。

至此，再由崇慕名将而联想到词人自身，曾经立志从戎立功，可屡遭妒忌排挤，无法实现抱负，如今已是华发苍颜有心无力。然而，听闻蒙古军队来势凶猛，攻城的冲梯狂舞边城，已经老迈的他立刻警觉起来，随时做好上阵杀敌的准备。前秦苻坚进攻东晋时狂言百万雄师的马鞭投进长江足以截断江流，结果被谢安以八万兵打得大败而逃。刘克庄相信"一贤能制难"，只要用了谢安这样的人才，一人足够力挽狂澜。

　　词人又举出唐安史之乱中的张巡、许远,以数千人困守孤城近两年,可见任用贤能的重要性。他大声疾呼:国难在前,人们无须再空谈,赶快投笔从戎,做实事齐力回天。

　　这一呼声似晴天惊雷,炸在耳畔,响彻周遭;又似海上飓风,卷起千层叠浪,裹挟一切。南宋已在悬崖边上摇摇欲坠,前人建立的基业也将要颓然倒地,而高高在上的君王、握着实权的奸佞之臣,却躲在江南一隅的温床中,不知今夕是何年。刘克庄震耳欲聋的呼号声叫不醒沉睡的人,亦挽不回南宋江山的一角,这又怎不让人心痛?

　　全词感情丰沛流畅,词句凝练有力,用典精妙自然,意气风发,朗朗上口。读罢颇让人热血沸腾,体现出刘克庄词作一贯的豪放风格。

战和两难，文人拭剑

——陈人杰《沁园春·丁酉岁感事》

谁使神州，百年陆沉，青毡未还。怅晨星残月，北州豪杰，西风斜日，东帝江山。刘表坐谈，深源轻进，机会失之弹指间。伤心事，是年年冰合，在在风寒。

说和说战都难，算未必江沱堪宴安。叹封侯心在，鳣鲸失水，平戎策就，虎豹当关。渠自无谋，事犹可做，更别残灯抽剑看。麒麟阁，岂中兴人物，不画儒冠。

【豪词酌香】

南宋国土一寸寸被金人吞噬，襄、汉、淮、蜀等地战火不断，然而朝廷仍在秦淮河的浮光掠影中，销魂沉醉。徒留爱国志士痛心疾首，扼腕叹息。

中原百年沉沦，这到底是谁的责任？西晋的宰相王衍清谈误国，被匈奴占去了大片土地，桓温指出他应负责。而自靖康之变，长江以北先被金国占领，又被蒙古军侵凌，长时期沦陷敌手，陈人杰对此发出"向谁问责，又由谁问责"的质问，其实是悲慨和怨怼的发泄。

激愤之余词人想到当下时局：北方的有志之士如晨星残月，寥寥无几；南宋的半壁江山如同西风里的斜日，不久将落入西山，这让他的心情转为沉重。之前蒙古先约宋攻金，金亡后却大举袭宋，长驱光州、信阳进至合肥，朝廷惊惶失措，百姓流离失所。词人为之感慨万端：朝廷懦怯无能，因循守旧；一些权贵如同汉末的刘表和东晋的殷浩一样，只会坐谈大话妄取虚名，毫无攻战防守的策略。在宋、金、蒙几年的交锋中既有坐失良机的错误，又有轻率冒进的败绩，结果师丧地失。年年盼着恢复故土，可又年年失望；处处遭北方强敌的威胁，处处陷于水深火热之中。

而回思眼下的局势"说和说战都难"，与敌国讲和满足不了其欲望，要大战一场又没有这样的实力。算来江南的国土都已经岌岌可危，朝廷竟拿不出办法面对危局。一介书生空有建功立业的想法，而在如此困窘的环境中哪有用武之地；想上书陈献战守之策，无奈小人当道，即便良策也难被理睬。

敌人并非不可战胜，中兴也并非无望，只是当权者无能，局势还未到不可救药的地步。想到此处他雄心大起——"更剔残灯抽剑看"。年轻的自己不正应当在这种国危之际拍案而起吗？立志效法古时中兴功臣而慨然设问：难道只有武将们才能为国家建功，读书人的肖像就不能画在麒麟阁上？

作此词时陈人杰年方二十，风华正茂，血气方刚。读此气势磅礴的豪词，一位深夜不寐、目光灼灼、灯下拭剑的青年英姿仿佛就在眼前。

朱颜变尽，丹心不改
——文天祥《酹江月·和友驿中言别》

  乾坤能大，算蛟龙、元不是池中物。风雨牢愁无著处，那更寒虫四壁。横槊题诗，登楼作赋，万事空中雪。江流如此，方来还有英杰。

  堪笑一叶漂零，重来淮水，正凉风新发。镜里朱颜都变尽，只有丹心难灭。去去龙沙，江山回首，一线青如发。故人应念，杜鹃枝上残月。

【豪词酌香】

  蛟龙非池中之物，终会飞腾而起，乾坤之大，你我虽被拘押，但仍壮心不已，终有一日会脱离牢笼，翱翔于广阔天地。

  南宋最后的抵抗以文天祥的被俘和张世杰在崖山的全军覆没而宣告终结。宋祥兴元年（1278年）十二月，在五坡岭，文天祥因叛徒出卖而被俘；次年四月，他与好友邓剡等南宋旧臣被元兵押解北上。回望长江，无限疲倦与悲伤，邓剡挥手写下《酹江月·驿中言别》（水天空阔）。迎着江风，满是凄凉和萧索，文天祥提笔回应，写下这首骨风遒劲的和词。

面对驿馆的四壁,听着蟋蟀凄凄的叫声,英雄也难免有些心烦意乱。然而他向友人说,你我二人切勿心灰意冷,不要像曹操横槊赋诗慨叹"譬如朝露,去日苦多";也不要像王粲那样登楼作赋,怀念家乡。古人的愁怀都如空中雪花一般过往消失,滚滚长江,后浪推前浪,将来必还有豪杰挺身而起完成未竟的事业。

他对友人重提那件有趣的事:1274年,文天祥作为使者前往元营,因坚决拒绝投降遭到扣留,在被押解元大都途中他戏剧性地逃脱了元军的监禁,又进行了四年的抗元斗争。而此时再次被俘,又一次来到淮河边,他对这种"重来淮水"没有丝毫沮丧,而是淡淡一语——"堪笑一叶漂零"。仿佛故地重游般轻松写意,豪迈之气令人钦佩。他自己心里清楚,之所以能如此洒脱,是因"丹心难灭",豪情在胸,早置生死于度外。

"人生自古谁无死,留取丹心照汗青",他发誓以身许国,不会向强虏低头,此番被俘押送不期望再活着回来,因而临行前他对大好江南深情眷念,频频回首金陵一线青青的江山。

自知这一别即成永诀,他告诉友人,以后怀念我的时候,听听月夜树枝上杜鹃的悲啼,那是我的灵魂化作杜鹃归来。终还是流露了惋惜留恋之意。

读此词,不禁让人想到项羽临终之言:力拔山兮气盖世,时不利兮骓不逝。骓不逝兮可奈何,虞姬虞姬若奈何?

当人无力回天之时,临了前总有浓浓的遗憾。

覆巢之下，断魂千里
——徐君宝妻《满庭芳》

汉上繁华，江南人物，尚遗宣政风流。绿窗朱户，十里烂银钩。一旦刀兵齐举，旌旗拥、百万貔貅①。长驱入，歌楼舞榭，风卷落花愁。

清平三百载，典章文物，扫地俱休。幸此身未北，犹客南州。破鉴徐郎何在？空惆怅、相见无由。从今后，断魂千里，夜夜岳阳楼。

【注释】

①貔貅：传说中上古的凶猛瑞兽，亦作"辟邪"，雄性名"貔"，雌性名为"貅"。此处指代元兵。

【豪词酌香】

山河俱碎，多少公卿将相投降卖国，苟全性命，而巾帼不让须眉，一个柔弱的几乎被历史遗忘的女人，竟在国破家亡之际，做出了令山河都动容的举动。

据元人陶宗仪在《南村辍耕录》中记载，本词作者徐君宝妻被元兵掳走，后被押至杭州，居于韩世忠故居。因为其绝色英姿，其间，她多次遭到威胁，但都以巧计脱身。然而，彪悍的蒙古主帅并没有多少耐心，故而决心对其用强。刚烈如她，既然国破无以为家，天地间已没有宋人落脚之地，不如索性以死明志。徐君宝妻于是沐浴更衣，焚香膜拜。事罢，她独自向南而泣，并于墙上写下一首《满庭芳》，趁人不备投池而死。

此词字字看来皆是血，如残阳如晚霞，在宋末词坛绽放出幽冷的光芒。

词人眼中的江南风景、风流人物，仍然具有北宋的遗风。十里长街，绿窗朱户间，银光闪闪。然而，一旦刀兵齐举，旌旗狂涌，几百万的元兵南下，如洪水猛兽。雄兵长驱直入时，那绝色旖旎的南宋，竟如暴风骤雨中的落花，被打得七零八落，花堆成冢。

宋代的绘画、诗歌、史学、哲学等各方面的成就几乎都称得上五千年来华夏最灿烂的文明。"典章文物"四个字的背后所蕴藏的文化气息扑面而来。王国维先生在《宋代之金石学》中赞叹宋代"前之汉唐，后之元明，皆所不逮也"。只可惜，这些光辉灿烂的成就，如今"扫地俱休"。

在这亡国的时刻，多少人想的是举家逃命、忍辱偷生；可在徐君宝妻的眼中，蒙古铁蹄既伤害了宋人的心灵，也踏碎了大宋文明。幸然，辗转千里中她仍能保全清白之身。但丈夫徐君宝在岳州身死，念及此，词人又悲从中来，此时的她不禁喟然长叹："空惆怅、相见无由。"从今以后，不管今夕何夕，只求魂归故里，得遇情郎，夜夜梦断岳阳楼。

徐君宝妻在历史上也许并不能占有太多的笔墨,但她在南宋末年的词史上,的确算得上浓墨重彩的一笔。她投水而死前写下的这首《满庭芳》,素来被看作绝命词中的翘楚。

宁为玉碎,不为瓦全
——夏完淳《烛影摇红·寓怨》

辜负天工,九重自有春如海。佳期一梦断人肠,静倚银釭待。隔浦红兰堪采。上扁舟,伤心欸乃。梨花带雨,柳絮迎风,一番愁债。

回首当年,绮楼画阁生光彩。朝弹瑶瑟夜银筝,歌舞人潇洒。一自市朝更改,暗销魂,繁华难再。金钗十二,珠履三千,凄凉千载。

【豪词酌香】

九重天上,自有神灵安排春天的来去。纵然春光旖旎,却要被辜负了。女子满心只想情郎,哪里顾得上欣赏大自然的鬼斧神工。纵然梦中缠绵如许,醒来却怅然若失,以至于点上银灯之后,仍无法回过神来。一夜辗转无眠,挨到天明后,她便推门出屋,驾一叶小舟去湖中采芳兰。只是一想到自己心爱之人遥不可及,采花的兴致便顿时消散。湖中点点梨花随风飘散,柳絮纷纷扬扬,更惹起她的惆怅。

这首词表面看来是在写男女之情，实则为《离骚》中"香草美人"象征手法的延续。夏完淳是明末著名诗人，七岁便能写诗文，十四岁就跟随父亲夏允彝和老师陈子龙参加抗清活动。这样的经历使他对国家充满深厚的感情，眼看着山河遭受清兵的入侵而日渐颓唐，他心中自是忧愤难平。

女子思君君不归的惆怅，正是词人爱国国破碎的愁苦。她回首往事，犹记得秦淮河一带繁华的市井，两岸青楼林立，雕梁画栋，色彩艳丽。风流才子、商贾富甲云集，桨声灯影中，姐妹们个个如花似玉，打扮得花枝招展，弹着琵琶，唱着呢喃小曲，热闹非凡。可那样的景象，也如水中的倒影一样飘忽不定，一碰即碎。

自从明朝覆亡，南京城沦陷，昔日的歌舞场也随之凋敝，荒草丛生，一片颓唐之势。今昔对比间，犹若从天堂坠入地狱，女子又怎能忍受？可她一介女流无力改变现实，只得在深夜默默流泪。那梨花带雨的哪里是春天，分明是这美丽的女子啊！

夏完淳这首词，用典颇多却不露痕迹，年纪轻轻便可创作出如此委婉动人的词章，令人心生敬佩。只可惜这样文武双全的青年才俊，后因不肯降清而遭杀害。他去世时，年仅十六岁，怎不让人扼腕叹息。

第五章 人生的路,走出的是感悟

兴衰成败，笑谈之间
——王安石《浪淘沙令》

伊吕两衰翁①，历遍穷通②。一为钓叟一耕佣③。若使当时身不遇，老了英雄。

汤武偶相逢，风虎云龙④。兴王只在笑谈中。直至如今千载后，谁与争功！

【注释】

①伊吕：指商臣伊尹和周臣吕尚。衰翁：衰老之人。
②穷通：穷，指处境困窘。通，指处境顺利。
③钓叟：指吕尚在渭水之滨空钓，以等待周文王。耕佣：耕田的佣工，奴隶。
④风虎云龙：虎下山如风，云雾从龙，指人得际遇，堪大用，立大功。

【豪词酌香】

王安石在宋熙宁二年（1069年）做了参知政事，后又以相当于宰相的权位开展大宋的改革，推行近乎伊尹、吕尚一样的治国大略。他最佩服的这两位古代先贤皆有神奇的人生经历——伊尹在儿时是伊水旁的一个弃婴，无父无母就只好用"伊"为姓，后来担任了"尹"的官职，衍化成他的名。他曾在有莘以种地为生，商汤娶有莘氏之女，他作为奴隶陪嫁而归属于商。伊尹得到商汤的赏识，逐步发挥才能帮助商灭了夏，成了商朝的开国大功臣。吕尚又名姜尚，字子牙，世人称姜子牙。传说吕尚五十岁时还在做小贩，七十岁时当屠夫，八十岁跑去渭水之滨钓鱼。一次，恰好周文王出猎，君臣才得以遇合，他先辅佐文王，继又辅佐武王，终于成就了灭商兴周的大业。

伊尹遇上了商汤，便如鱼得水；吕尚逢到了周文王和武王，就有机会施展才能。在王安石的意识里：明君与能臣一旦相逢，就像风从虎云遇龙，相得益彰。如此际遇组合，完成大业只是顺风顺水的事，掌握天下的兴亡也只是在笑谈中。然而，到如今已经过去了千年，世间还没有谁能超过伊尹和吕尚的盖世功勋，只因他们都逢遇了贤明之主。

自然有枯荣，万物有兴衰，就连四季的轮回也从未停止过。兴亡交替，盛衰相继，黯淡的时光常常与灿烂的年华一样长久，古来如此，人生如此。一人、一家、一国，都在命运的渡轮上浮浮沉沉，谁也不会知晓下一个浪头会何时袭来。霸业未起已成空，硝烟战火、歌舞欢娱，都如悬在亭台画阁上的最后一抹残阳，眨眼工夫就从视野里消失不见了。无限江山如画，云卷浪涌有气吞万里的势头，但这一切也转瞬间就易主他人。

本词意境雄浑阔大，底蕴深厚，风格沉稳大气，不愧为北宋早期豪放词的力作。

千里之外，共赏婵娟
——苏轼《水调歌头》

丙辰①**中秋，欢饮达旦，大醉。作此篇，兼怀子由**②**。**

明月几时有，把酒问青天。不知天上宫阙，今夕是何年。我欲乘风归去，又恐琼楼玉宇③，高处不胜寒。起舞弄清影，何似④在人间。

转朱阁，低绮户，照无眠。不应有恨，何事长向别时圆。人有悲欢离合，月有阴晴圆缺，此事古难全。但愿人长久，千里共婵娟。

【注释】

①丙辰：指宋神宗熙宁九年（1076年）。
②子由：指苏轼的弟弟苏辙，字子由。
③琼楼玉宇：由美玉堆砌成的楼宇，指代词人想象中的仙宫。
④何似：哪里比得上。

【豪词酌香】

最好的诗往往将读者心中的一切情思道尽，再多说一句都是累赘。读时，觉得那诗中的每一句都明白易懂，却为什么自己偏偏写不出这等佳句；读过一遍，似乎已将诗人的思维领会，可再读一遍，却又能发现新的韵味。"人人心中皆有，个个笔下却无"，非经妙手"偶"得，世间便永不会出现。这阕《水调歌头》就是此等天作之笔。

此时，苏轼由于反对新法，受到当权变法者的排挤，于是自求外放。当他得知多年未见的弟弟调职到山东济南后，思亲之情油然而生，遂向朝廷请求调任至山东与弟弟团聚，却仍未能与其相见。及至中秋佳节，苏轼在酒酣之际，仰望天上明月，对亲人的思念之情愈发浓厚，遂赋成此词。

月亮在诗词中从来不只是月亮。它自顾自地阴晴圆缺，却总被多情之人加上人世离合的情愫。苏轼所在的密州与苏辙所在的济南，两地相距不到千里，但由于两人都疲于仕途，以至于多年未能团聚。月不解人意，每个月它圆一次皆引人离愁，尤其以中秋为甚，惹人愁思蔓延。

又是中秋，又是月圆。月光悄悄转过朱红的楼阁，低低地穿过雕花的门窗，蓦地照向屋里失眠的人。它就这样耀眼地照着，月光有多亮，不眠人的心中就有多凉。上一次兄弟相见是什么时候了？上一封通信又有几个月了吧？弟弟现在身体可无恙？与僚属相处可融洽？这般牵肠挂肚地想念，在凉凉的月光映衬下，十分地动人。

但苏轼仍是旷达的，在短暂的感性伤怀后，他仍然理性地安慰自己，月亮运行自有其道，就像再亲密的人都有离离合合一样，此事古难全，人力难强求。与其暗自伤怀，倒不如许下些容易实现的心愿——苏轼想到的,也应是"千里"之外的苏辙想到的:"但愿人长久,千里共婵娟。"

"但愿人长久"道出了亲人间再朴素不过的愿望:平平安安,不贪富贵贪长久,儿时母亲精心呵护,父亲谆谆教导,他们最大的愿望便是孩子们一辈子开心平安。而今父母早已故去,世间只剩下手足二人互相扶持、彼此慰藉了。

纵不能同席共枕,共赏婵娟也好。

一蓑烟雨，徐徐而行

——苏轼《定风波》

　　三月七日，沙湖道中遇雨。雨具先去，同行皆狼狈，余独不觉。已而遂晴，故作此词。

　　莫听穿林打叶声，何妨吟啸且徐行。竹杖芒鞋轻胜马，谁怕？一蓑烟雨任平生。

　　料峭春风吹酒醒，微冷，山头斜照却相迎。回首向来萧瑟处，归去，也无风雨也无晴。

【豪词酌香】

　　被卷进政治旋涡，体验过仕途凶险、人心险恶之后，苏轼仍能"不以物喜，不以己悲"，这种宠辱不惊、淡泊从容的人生态度实在难得。这首作于黄州的《定风波》，言简意赅，内涵丰富，意境深邃，长短句错落有致，读来琅琅上口，有种抑扬顿挫之美，令人心胸开阔、豪气顿生。

　　如果要在苏轼的诗词中选一句来形容他这一生，那么最贴切的非"一蓑烟雨任平生"莫属。凉雨袭人，春风料峭，林间沙路上有一人,虽身无雨具却步伐从容,且一边吟咏长啸。一场雨寓意着一生,在命运的风吹雨打里,苏轼不正是一直这么泰然前行吗?

在文人笔下,雨虽浓妆淡抹总相宜,却也是一种明确的情绪,但苏轼这阕《定风波》,其妙其怪之处在于,它表达的不是某种明确的情绪或想法,它营造的不是"有",而是"无"。

"莫听穿林打叶声",那要听什么呢?"何妨吟啸且徐行",前方的路通向哪里?一蓑烟雨任平生,这平生是要悲要喜呢?苏轼都不说。

"料峭春风吹酒醒,微冷",微冷是清凉多一点,还是寒冷多一点?"山头斜照却相迎",夕阳无限好,只是近黄昏。更强调无限好,还是更强调近黄昏?"归去",归去田园,还是归去朝堂?苏轼仍不说。

苏轼在道中遇雨之后是从容淡定、坦然自适的,但坦然之后又再无其他。连天晴都说成了"也无风雨也无晴",仿佛什么都没有发生过,天没有下过雨,雨没有发出过"穿林打叶声",他也没有在雨中"吟啸且徐行"过。苏轼在这首词的落脚处留了白。

音乐中的留白是为"此处无声胜有声",中国画中的留白是为"此处无物胜有物"。创作者之所以留白,是相信他留的白会由听者、读者用心去填充。这是作者和受众的默契,像一种隔绝时空、不定身份的游戏。

昔日华都，今日空城

——周邦彦《西河·金陵怀古》

  佳丽地，南朝盛事谁记？山围故国绕清江，髻鬟对起①。怒涛寂寞打孤城，风樯遥度天际。

  断崖树、犹倒倚，莫愁艇子曾系？空余旧迹郁苍苍，雾沉半垒。夜深月过女墙来②，伤心东望淮水。

  酒旗戏鼓甚处市？想依稀、王谢邻里，燕子不知何世，入寻常，巷陌人家。相对如说兴亡，斜阳里。

【注释】

①髻鬟对起：古人常用女子发髻形容青山，这里是指金陵的钟山与石头山东西相对，像是少女头上的双髻。

②女墙：城墙上带有垛口或射孔的蔽身小墙，俗称城墙垛。

【豪词酌香】

  金陵名城，有秦淮风流，又有寄奴巷陌，数百年建都史，留下无数值得大书特书的风烟往事。江山易代，人事衰败，金陵却还是那个金陵。三百年前刘禹锡看到的潮打空城和淮水旧月，在周邦彦到来时，风景依旧。甚至那乌衣巷口的燕雀，仍旧乘着夕阳乱入寻常百姓家，呢喃细语，似在讲那不变的兴亡故事。

在这六朝金粉之地，曾经发生过无数或荡气回肠或惊心动魄的往事，可繁华落幕，谁还记得当年"盛事"呢？唯有这座旧城，在山环水抱中沉默不语。怒涛拍打孤城，依然打不破这令人窒息的寂寞。"怒涛寂寞打孤城"一句，虽有惊涛骇浪的巨大声势，却营造出一种闭合且压抑的氛围，"风樯遥度天际"一句，将视线拉至遥远的江面，仿佛将这闭合的空间迎头劈开，然而，并无光明从这裂缝中透过来，江上仍旧一片空旷落寞。

上片写的是金陵的雄壮，中片里的金陵古迹又陡然多了奇崛的色彩。森森断崖已令人触目惊心，然而在这断崖上竟还生长着树木，更是让人称奇。昔日，莫愁女曾将小船系在断崖树上，现在旧迹还在，已不见旧时人事，抬眼望去，只见雾气蒙蒙。夜深时分，词人看着清冷月光洒在莫愁湖与秦淮河上，不禁感叹人事已非。

下片不论是人来人往的酒楼，还是人声鼎沸的戏馆，都打破了前文中场景的冷清，但词人对这繁华市面是何处提出了疑问。东晋两大望族王家与谢家生活的乌衣巷，繁华喧闹一如眼前"酒旗戏鼓"，可最后还是成了"依稀"记忆里的风景，只有不知人事变迁的燕子，飞来飞去，昔日停驻的贵族宅院，现在也成了寻常人家。"斜阳里"，燕子呢喃，不知是不是在诉说历史兴亡。

金陵夕照一如往时，这让宋代词客对唐代诗人起了隔代的惺惺相惜之感。确实，周邦彦与刘禹锡两人，诗里词外命运相似。刘禹锡因参加"永贞革新"而遭贬谪,在巴山楚水流落了二十三年之久。周邦彦少年得志,仅因成名作《汴都赋》有称颂新党的嫌疑,便被打成新党党徒,惨遭外放,一腔报国之志,换来十年颠沛流离。

有志之士在志得意满时,最喜欢宏大的历史叙事;等到失志,面对舞榭歌台却只看到满目疮痍。故而,周邦彦来到这金陵佳丽地,举目所见,尽是沧桑坎坷的历史创伤。

寄情山水，花醉洛阳
——朱敦儒《鹧鸪天·西都作》

　　我是清都山水郎，天教分付与疏狂。曾批给雨支风券，累上留云借月章。

　　诗万首，酒千觞。几曾着眼看侯王？玉楼金阙慵归去，且插梅花醉洛阳。

【豪词酌香】

　　《宋史文苑传》记载，称朱敦儒"志行高洁，虽为布衣，而有朝野之望。靖康中，召至京师，将处以学官，敦儒辞曰：'麋鹿之性，自乐闲旷，爵禄非所愿也。'固辞还山"。足可见其向往隐逸生活之心和豁达洒脱的个性。很多年前，在那个梅花盛开的月夜，朱敦儒做了一个成为"山水郎"的梦。

　　在这个梦中，他是天宫里掌管山水的官员，每天不理俗务，而是遍游天下名山大川，生活是何等惬意和自在。身为"天官"，性格中又有几分狂放，不为尘世礼法所约束，言行举止自有一番大气磅礴。上阕这几句可谓想象奇崛、气度洒脱，大有李太白之风。

语言明白晓畅、清新婉丽、朗朗上口，且文风幽默欢快、用词狂放不羁，故而此首词在汴京洛阳风靡一时，人人口耳相传，拍手称快。

赏玩山川还不足够，又有"诗万首，酒千觞。几曾着眼看侯王"。他宁愿终日与诗书美酒相伴，也不愿流连于尔虞我诈的官场。

古来向往隐逸生活之人何其多，又有几个人能够真正放下现有的舒适生活，完全寄情于山水，享受天然之趣？受几千年儒学积极入世思想的影响，多数人皆认为人生的意义在于修身、齐家、治国、平天下，他却高声宣扬自己想要成为远离尘世的"山水郎"，难免也会受人诟病，责怪其只为一己之私逃避现实。

酒色财气如利刃，名缰利锁催人老，与其在追求与不得中受尽折磨，不如寄情于山水，相忘于江湖，畅快肆意，才不算辜负这一生。于是词人又道："玉楼金阙慵归去，且插梅花醉洛阳。"正值洛阳梅花片片飘落之际，就在这阵阵梅香里，伴着远方传来的悠扬笛声，枕着这一场山水之梦沉沉睡去吧。

道路崎岖,坚韧不屈
——李清照《渔家傲》

天接云涛连晓雾,星河欲转千帆舞。仿佛梦魂归帝所①。闻天语,殷勤问我归何处。

我报路长嗟日暮,学诗谩有惊人句。九万里风鹏正举。风休住,蓬舟吹取三山②去。

【注释】

①帝所:天帝居住的宫殿,这里比喻宋高宗赵构南渡后的行在。
②三山:古代神话中渤海有三座仙山,分别为蓬莱、方丈和瀛洲。

【豪词酌香】

李清照虽为婉约词宗,这首词却格外大气,有豪放之姿,清人黄蓼园在《蓼园词选》中评价这首词"浑成大雅,无一毫钗粉气,自是北宋风格",梁启超也称"此绝似苏辛派,不类《漱玉词》中语"。

女真人的马蹄碾碎了无数人的悲欢,也让刚刚丧夫不久的李清照的生活再次掀起波澜。数月的漂泊,终让她抵达杭州。一路上有太多情绪想要宣泄，没人倾听，她只好诉诸笔墨，于是就有了这篇《渔家傲》。

海上逃亡的经历让她印象深刻，就连做梦都在汹涌澎湃的波涛里颠簸。她梦游天河，海天相接处云海波涛俱在翻涌，"转""舞"两字让人眩晕。在现实中她可能尝到过这种眩晕，那时候她孤身一人，凭着一股不得不为之的韧性，还有对皇帝、朝廷的殷殷期待硬撑下来。她应该对高宗有过期待，理想状态大概如梦里遇到的天帝：仁慈宽和，热爱子民。期待从高处坠下来，大抵会摔得很痛，现实中的君王，徒剩狼狈而已。

遭遇狼狈和尴尬的还有词人自己——道路漫长，又逢生命里的"日暮"，空有期许却遭遇不幸，纵然有才又常被礼教道学所束，胸中的愤懑无处倾诉。辽阔的九万里高空之上，大鹏鸟正展翅高飞，她也想像它一样展翅翱翔，搏击长空。她不仅不惧风，反而疾呼"风休住"，并且试图依靠大风"吹取三山去"，虽是梦中之语，亦可见词人的豪放胆气和不屈意志。

全词既有"谩有惊人句"的失落与牢骚，又有"鹏正举"的希望和振作，这种复杂的感情渗透于大胆而丰富的想象中，写得磅礴豪迈，有别于易安词的婉约主调，是《漱玉词》中极有特色的一首。

壮志难酬,知音难觅

——岳飞《小重山》

昨夜寒蛩不住鸣①。惊回千里梦,已三更。起来独自绕阶行,人悄悄,帘外月胧明②。

白首为功名。旧山松竹老,阻归程。欲将心事付瑶琴,知音少,弦断有谁听?

【注释】

①蛩:蟋蟀。
②胧:微明。

【豪词酌香】

初秋的夜晚,寒露将临,冷气北来,风吹阵阵。万物都感染了秋的气息,墙缝里的蟋蟀不断地嘶叫,仿佛在恳求严寒不要袭来太早。

三更时分,军营的卧榻上一名全身铠甲的将官辗转醒来,身上满是冷汗。他是"惊回千里梦",突然从梦中惊醒过来。他的梦很长——宋靖康年间金人大举南侵,掳去徽、钦二帝。高宗即位后竟向金称臣,岁贡银二十五万两，绢二十五万匹。身为大宋臣子，他带领手下军兵奋战沙场，多次取得辉煌的战绩，给敌人一次次重创，直捣黄龙府，收拾旧山河已经有望。但高宗和秦桧力主和议，朝中的一群大臣也多怯敌怕战，主张纳贡息兵。他与众人展开了激烈的争论，却遭到高宗和秦桧的指斥……就在这时他从梦中醒来。

深夜，旁人都在熟睡，唯有他无法安眠，"独自绕阶行"。此时"人悄悄，帘外月胧明"，景象倒是清幽安谧，但睡不着觉的这个人心里总是倒海翻江，忍受着感情激荡的煎熬。

一生为国为梦想，却一再被放逐、被抛弃，年岁已逝，空生白发，不仅功业无成，回乡的路途也迟迟不能开始，词人心中自是忧愁。午夜独自沉吟至此，索性拿起瑶琴弹一曲遣怀。然而，琴弦骤断，他感慨万端，长呼一句："知音少，弦断有谁听？"是啊，他一生戎马倥偬，誓雪国耻，可昏庸的皇帝和奸相秦桧苟且偷安，屡屡排挤他，连抗金将领张俊、杨沂中、刘光世等人对自己的北伐主张也不尽理解，还能去哪里寻觅知音呢？

面对金人入侵、国势日衰、山河破碎、生灵涂炭，还有国君的昏庸、奸臣的构陷，他要作为又如何能为？这首《小重山》沉吟低回，九曲百转地道说空怀壮志的苦闷和没有知音的惆怅，读之如见这位抗金战争中身经百战、屡建奇功的大义英雄在静悄悄的暗夜里滴泪。

谁能与我，共醉明月

——辛弃疾《贺新郎·别茂嘉十二弟》

绿树听鹈鴂①。更那堪、鹧鸪声住，杜鹃声切。啼到春归无寻处，苦恨芳菲都歇。算未抵、人间离别。马上琵琶关塞黑，更长门、翠辇辞金阙。看燕燕，送归妾。

将军百战身名裂。向河梁、回头万里，故人长绝。易水萧萧西风冷，满座衣冠似雪。正壮士、悲歌未彻。啼鸟还知如许恨，料不啼清泪长啼血。谁共我，醉明月。

【注释】

①鹈鴂：鸟名，即杜鹃。

【豪词酌香】

那一日在瓢泉设宴，辛弃疾送别族弟茂嘉调任远赴，本想把酒言欢，好好道一声"珍重"，无奈离别在即，却是食不知味。更让人恼的是，鹈鴂、鹧鸪悲切的啼声此起彼伏。族弟远离，繁花落尽，芳草不觅，春日也便开至荼蘼。然而，伤春虽甚，却"算未抵、人间离别"。看看古来那些"别恨"的事例，便知晓世间能让人黯然销魂的，唯有离别而已。

无论是告别一条河流、一座青山，甚至是缥缈不定的雾霭，都能牵动悲伤的神经。就算前方有莺啼燕语、流水淙淙相伴，但刚刚熟悉起来的风景日后也只能留在记忆中。人生路上，多半是一个人踽踽独行。

纵使王昭君具有落雁之姿，终究抵不过命运给予她出塞和亲的惩罚。离长安、出潼关、渡黄河、过雁门，昭君就这样与那个她生活了几十载的中原故土隔断了联系。即便在故事的开始，汉武帝为陈阿娇留下了"金屋藏娇"的佳话，亦改变不了她幽居长门宫的结局。

辛弃疾欲要以昭君离开汉宫、阿娇痛失宠爱这些撕心裂肺的痛，掩盖自己别茂嘉族弟的苦楚，却是欲盖弥彰。倾诉力不从心时，又慌忙列举其他事迹藏匿自己的彷徨，春秋时庄姜与戴妫送别的故事便被他以"看燕燕，送妾归"六字写出。

长亭更短亭，女子送别时，眼泪落在脸上，而男子的眼泪淌在心里。李陵送别苏武时，曾写下"异域之人，一别长绝"之语，以表心中跌宕起伏、排山倒海的悲恸。荆轲刺秦，临行前送行者皆穿戴白衣冠，到了易水江岸，秋风乍起，江水翻涌，荆轲和着筑声唱起："风萧萧兮易水寒，壮士一去兮不复还！"这壮士的悲歌，何其振奋人心，又何其惨烈。至此，词人的悲痛已攀至顶峰。

昭君别汉宫，阿娇被幽闭，庄姜别戴妫，李陵别苏武，荆轲别燕丹，从美人宫怨至壮士诀别，词人一一历数；马上琵琶、翠辇金阙、燕燕送妾、河梁万里、易水萧萧、衣冠似雪，这当中的离愁别恨，词人极力渲染；将军百战、故人长绝、壮士悲歌，慷慨激昂中，词人如杜鹃一般，不啼清泪反倒啼血。

如今与他共醉明月的族弟茂嘉，也要远离，又怎能不令人伤怀。"谁共我，醉明月"，词至此处戛然而止，但这意味深长的留白是无声胜有声。

每次选择，都是舍弃；每个起点，都是终点；每次告别，都是开始。茂嘉跨上马背，甩起马鞭，匹马迢迢地上路了，而留下来的词人，却只能站在风中，看着他渐行渐远，而后消失在傍晚的夕阳中。

白发书生,神州落泪

——刘克庄《贺新郎·九日》

湛湛①长空黑,更那堪、斜风细雨,乱愁如织。老眼平生空四海,赖有高楼百尺。看浩荡、千崖秋色。白发书生神州泪,尽凄凉、不向牛山滴②。追往事,去无迹。

少年自负凌云笔。到而今、春华落尽,满怀萧瑟。常恨世人新意少,爱说南朝狂客③。把破帽、年年拈出。若对黄花孤负酒,怕黄花、也笑人岑寂。鸿北去,日西匿。

【注释】

①湛湛:清澈深沉。
②不向牛山滴:齐景公登牛山北望自己金碧辉煌的宫殿,忽然痛哭自己不能长生不死。晏婴说道:"如果古人都长生不死,哪能轮到您住在皇宫里快活呢?"于是,后人称其为"牛山之悲"。
③南朝狂客:《晋书·孟嘉传》载:东晋孟嘉于九月九日随桓温游龙山,风吹帽落,他并不觉得。桓温命人写文章嘲笑他,他也取笔作答,文辞超卓,使四座都很叹服。

【豪词酌香】

　　黑色的乌云密布满天，深沉暗淡，好似茫茫夜空。斜风细雨也跟着飘落来扰，让人心缠麻团，愁思如织。

　　"老眼平生空四海，赖有高楼百尺"，即便如此也没有使他情绪低落。自认平生目空一切，至今仍有百尺高楼可堪登临望远，谁还在意他衰老！刘克庄曾因咏《落梅》诗讥刺时政，遭权臣忌恨，病废了十年。后又咏唱了一首仿梅绝句："梦得因桃数左迁，长源为柳忤当权。幸然不识桃并柳，却被梅花累十年。"看得出他未因十年困顿而屈服。

　　此日登高远望，秋雨中的千山秋色使他想起了仍然沦陷的半壁江山，引发了他"白发书生神州泪"的激烈感叹。遥遥故国就在那烟雨茫茫的远方，一介有志恢复中原的书生如今垂垂老矣。然而，老骥伏枥，志在千里，即便如此，也不必像齐景公那样在牛山上泪下沾衣，泣诉人生苦短。

　　岁月随风而去，记忆却永留心中。词人回忆起当年自有下笔千言的才华，确曾想要有所作为。而到眼下，春华落尽，年华已逝，人如眼前秋风般萧索，没指望再有作为。而看今日群伦，耿直的书生已然堕落，不觉叹道："常恨世人新意少，爱说南朝狂客。把破帽、年年拈出。"东晋的孟嘉在一年的重阳节随权臣桓温游龙山，风把帽子吹落，他弃而不顾。桓温让人作文加以嬉笑，孟嘉取笔作答，文辞超卓，众人都极为叹服。刘克庄慨恨现今文士，年年重阳日总是说孟嘉落帽的无聊故事，却不想国家多难，枉充风流名士，已失去强国复土的大义情怀。

感愤之余还是回到自己已老的现实，既无力改变大局，也只能趁此佳节赏赏菊花饮饮美酒。已是壮志难酬，只能借酒浇愁。

望着那飞向北方的鸿雁，觉得北上恢复神州的日子渺茫；看着那将隐西山的红日，又多像南宋小朝廷的危殆。白发书生酒后的心怀涌满了无限苦楚。

西风吹我，零落天涯
——邓剡《唐多令》

雨过水明霞，潮回岸带沙。叶声寒、飞透窗纱。堪恨西风吹世换，更吹我、落天涯。

寂寞古豪华，乌衣日又斜。说兴亡、燕入谁家？唯有南来无数雁，和明月、宿芦花。

【豪词酌香】

国破家亡时，世人也便成了没有羽翼的大雁，纵然始终保持着飞翔的姿势，却再也够不到广袤的苍穹。唯一能做的便是，倚靠着此前染有欢愉的回忆，在一声声叹息中挨过一日又一日。

南宋祥兴二年（1279年）的秋天，格外凄迷苍凉。建康城的长江边密雨刚刚下过，水色明净，江潮已经回落，岸边留下层层沙痕。天已近晚，夕阳斜照，霞飞满天，水面和岸边的沙地上，泛着亮光。

一艘兵船路经这里，几名穿着南宋官服的人被押进船舱，词人邓剡就在其中。此时的他心情沉痛无比，身为南宋的礼部侍郎，在蒙元的进攻下兵败被俘，连手都被反绑背后。岸边的树叶被风吹落，一直飘进船舱，也带给了他阵阵寒意。

这次兵败，南宋随之灭亡，朝代更迭，华夏之地成为蒙人的天下。词人不但再不能以大宋国民自居，就连人身都要被押解远去天涯。途径建康，昔日京城已是北人之家，他痛心地唱道："堪恨西风吹世换，更吹我、落天涯。"口里唱着恼恨西风把季节更换，心中痛恨的是蒙元朝把南宋灭亡。他怜惜飘零入船的秋叶，它将与自己一样随船沦落天涯。

以往无论如何辉煌，如今业已成空，只留下一个个寂寞的剪影。而那些飞燕并不关心，也不知又飞入谁家的新巢了。在邓剡的眼里，如今建康已远不如之前的情景——一派残破凄凉，前代豪华景象已消逝得无影无踪。唯有留下来的人，家国败亡后侥幸活下来的人，在夕阳映照下的乌衣巷口谈论着时代的更替，慨叹无数人都家破人亡，连年年居住的燕子，明春飞回也无法找到家。

秋肃来临后燕子先已飞走，只剩下自北来南的大雁路过这里，在辉映的月影中钻入芦花中露宿。他目睹这一情景，觉得自己的命运远不如大雁，大雁还能结伴长飞，还有明月和芦花相伴，孤苦的自己从今后不知下场怎样，要流落到何方。

荒凉的时代，造就枯萎的人生。无家可归时，流浪便是唯一的归宿。此时，被放逐的不仅仅是无法掌控的宿命，更有无法企及的梦想。船只渐行渐远，这片烙着全部记忆的热土，今后也只能存活于那片迷蒙的烟水中。

狂歌醉饮，我心自由
——白朴《沁园春》

夜枕无梦，感子陵、太白事，明日赋此。

千载寻盟，李白扁舟，严陵钓车。故人偃蹇，足加帝腹，将军权幸，手脱公靴。星斗名高，江湖迹在，烂熳云山几处遮。山光里，有红鳞旋斫，白酒须赊。

龙蛇起陆曾嗟，且放我狂歌醉饮些。甚人生贫贱，刚求富贵，天教富贵，却骋骄奢。乘兴而来，造门即返，何必亲逢安道也。儿童笑，道先生醉矣，风帽欹斜。

【豪词酌香】

这是关于心灵的抉择，也是元代杂剧作家白朴内心深处对"自由"的真实独白。一夜无梦，他只坐在月下窗边，自饮自酌。多年漂泊，使词人饱尝人间心酸坎坷。眼中的山河是破碎不堪的，社会是残酷无情的，最终的最终，他还是选择了远离仕途，去追寻自由。这自由或许就在青山绿水间，就在风花雪月里。

这浩荡的历史长河中有多少传奇人物，只有太白和子陵是他的知己。太白乘一叶扁舟飘摇于江湖之上，子陵手握鱼竿垂钓于富春江畔，飒飒湖风中，他们享受着真正的惬意与自由。

虽然历史上的文人雅士们在入世之后都向往归隐田园，但又有多少人真正愿意放弃眼前的功名利禄，甘愿过清贫孤苦的生活。纵然严光和李白有"足加帝腹""手脱公靴"的显赫宠遇，但对富贵和权势毫不眷恋，如此才有了如星斗一般璀璨高远的名声。像这样的人，即使隐逸而去，他们在江湖上留下的痕迹，也会为人所咏怀、所钦慕，而这也是所有具有隐逸情怀的人最向往的境界。

曾有多少隐者高士踏入仕途，欲要实现心中的理想抱负，但成功的寥寥可数，这如何不让人嗟叹感怀。更有一些人在人生贫贱之时，拼尽全力去追求富贵权势，一旦得逞，便奢侈靡费，贪图享乐。与其去追求那虚无缥缈的功名，倒不如归去，漫游江湖，过那种有酒有歌的安贫乐道的生活。

只是这一切都存在于醉梦之中，等到词人一觉醒来，那落魄的醉态只会引来黄口小儿的嘲笑罢了。

红尘与青山，入世与出世，如何抉择，困扰了世人数千年。对于此，仁者见仁，智者见智。有人说要积极入世，胸怀天下，有人却说，倒不如荷锄归隐，独善其身。到底何去何从，只需面对自己最真实的灵魂，便可拨开层层迷雾，获悉谜语的答案。

如若厌倦汲汲营营的忙碌生活，向往着在田舍间种一篱秋菊，看南山在云卷风清中若隐若现，向往在寒江边垂钓一江冬雪，看飞鸟在千山中肆意盘旋，便可像白朴一样狂歌而去，于孤独寂寞中追寻灵魂的慰藉。

是非成败,转头成空
——杨慎《临江仙》

《廿一史弹词》第三段说秦汉开场词

滚滚长江东逝水,浪花淘尽英雄,是非成败转头空。青山依旧在,几度夕阳红。

白发渔樵江渚上,惯看秋月春风。一壶浊酒喜相逢。古今多少事,都付笑谈中。

【豪词酌香】

长江滚滚,奔腾汹涌,向东而去,不再回头。多少英雄像翻飞的浪花,匆匆消逝无可挽留。对错皆是休,成败皆烦忧,荣华富贵容易去,开疆大业难长久。青山不改仍矗立,夕阳西落时光不倒流。江上的白发渔翁,熟识四时的变动。山里砍柴的樵夫,了然春夏秋冬。难得和老友见面,饮一壶浊酒喜贺相逢。纷纷攘攘的古来往事,都成了下酒的菜肴和闲谈的话柄。

"滚滚长江东逝水,浪花淘尽英雄",秦汉演变、三国争雄,一个个叱咤风云的英雄豪杰建立了多少奇功伟业,可到头来都入土荒丘长眠地下。这首《临江仙》原是杨慎晚年所著通俗说唱《廿一史弹词》第三段《说秦汉》的开场词，对秦与两汉三国辈出的英雄给予了深沉的咏叹。

滚滚长江般的历史画卷，是非成败转头空的长叹，让人涌起万千怀想：秦灭六国开创庞大帝国，可谓一件做对了的大事业、大成功；可始皇帝痴望万世传承，结果传了二世便覆国，这又成了大错事、大失败。项羽兵败乌江自刎是失败，而知情重义又不失为成功。汉末逐鹿后又三国纷争，各路豪杰在舞台上演绎英雄事，可又使天下大乱生民涂炭，难以进行对错评说。

白发渔樵在秋月春风中度过垂老的时光，引人惆怅，然而那悠悠的岁月中闲淡的情调不正是令人向往的生活吗？一壶相逢而醉的浊酒，是朋友之间的遇合酒，然而又何尝不是桃园三结义的烈酒、曹刘论英雄的青梅酒、孟德横槊赋诗的慨叹酒、周郎赤壁鏖兵的庆功酒？古今无论默默无闻于山野的凡夫俗子，还是杀伐疆场驰骋天下的奇英大豪，到头来都只是历史的小浪花和大浪花的分别，尽可一并付与笑谈中。

山形依旧，流水淙淙，江月年年，世间万物的永恒，原来都是为了衬托人事无常。时光总是盘旋着穿梭，历史总是曲折着前进，逝者如斯，纵然世人固执地频频回首，也抵挡不住岁月的脚步。而我们唯一能做的，便是在这滔滔江水中，在这红尘浮沉中，了悟炎凉世态，寻觅生命永恒的价值。历经尘世浩劫，释去心头重负，看透成败得失，生命呈现出的便是另一种滋味。

于无人处，拍遍栏杆
——朱彝尊《卖花声·雨花台》

衰柳白门①湾，潮打城还。小长干接大长干②。歌板酒旗零落尽，剩有渔竿。

秋草六朝寒，花雨空坛。更无人处一凭阑。燕子斜阳来又去，如此江山！

【注释】

①白门：六朝建康南门宣阳门又名白门，旧时曾以白门代指南京。
②长干：里巷名，故址在今南京市南。

【豪词酌香】

词人朱彝尊心中装满深重的烦闷——清兵南侵扫荡了南京，六朝古都呈现出一派凄凉萧条的景象，不知如何排遣浓重的愁情，他便放下手中诗书，起身走向雨花台，期许以美景稀释愁情。据说南朝梁武帝时高僧云光法师在这里设坛讲经，感动上苍，让落花如雨，由此得名。

城南宣阳门外，污浊的水在江湾里懒洋洋淌着，宛如垂死的鱼一样没有生气。有风吹来时浊水形成浪头，有气无力地拍打着残败的城墙。由此他想起了刘禹锡"山围故国周遭在，潮打空城寂寞回，淮水东边旧时月，夜深还过女墙来"的诗句，心中万分惆怅。

记得岸边一排排垂柳葳蕤茂盛，在阳光和薰风中温柔地轻轻摇曳，千种风情，万般婀娜，格外迷人；而今经过战乱变得枝秃茎断，叶落根残，狼藉不堪。"大长干"和"小长干"两条长巷，原本是古都最著名的繁华场所，如今大半人去楼空，冷落萧条，死气沉沉。当年彩舟画舫，莺歌燕舞，令人陶醉的十里秦淮，今日只见歌楼酒坊半吊的招牌和撕裂的旗子在空中随风摇荡，没有歌和舞，没有人和船，只有蓑笠翁伸着破渔竿在污水里钓鱼。

眼见城南的秋草日复一日地生长，年复一年地由茂盛到枯萎，怀想着史上的六朝，经历了多少个春去秋来花开花谢，现在一切都成浮云白烟。如今这雨花台早已没了当年的寺庙和楼阁，只余下了荒芜破败的空坛。

词人孤独地站在荒台上向远处眺望，拍遍栏杆也不见一人，只有那燕子在夕阳下依然无忧无虑地来来往往。燕子怎会懂得世事变迁和物是人非的道理？怎能强求它为眼前的衰败而悲凉伤感呢？

词中柳、潮、歌板、酒旗、渔竿、草、坛、燕子、斜阳等一系列景物的依次凸显，含而不露地表达出哀婉的情感，显得凝练自然，韵味十足。

兴衰更替,与谁人说

——纳兰性德《浣溪沙·姜女祠》

海色残阳影断霓,寒涛日夜女郎祠。翠钿尘网上蛛丝。

澄海楼高空极目,望夫石在且留题。六王如梦祖龙非。

【豪词酌香】

自古以来,山海关便被誉为天下第一关。南入渤海,北依燕山,不负山海之盛名。随康熙东巡时纳兰性德曾在这里停留,遍历山海关海天之色。雄浑的山海关藏着别样的柔情,关内的孟姜女庙在这里演绎着家喻户晓的寻夫故事。这首《浣溪沙》就是游历孟姜女庙时留下的感慨。

这词因景而起,落日残阳挂在薄薄的西天,余晖映在海面上,贴着涌动的浪涛,成一段缥缈的霓虹。冷冽的潮水不觉疲惫,姜女祠里日日夜夜听闻浪涛拍打礁石的动静。这祠又叫贞女祠,据说是为纪念那痴情哭倒长城的孟姜女而建。孟姜女的故事虽没有被正式记载于史书,只是以民间传说的形式在口头上传承,却流传了千年,越过了秦砖汉瓦,穿过了朝代的更迭。祠外滔滔江水,孤独的孟姜女在这里日日听潮声,看繁华过尽如云烟。正应了门前的那副楹联:海水朝落,浮云长消。

为修建长城,流的是百姓的血与泪,哭的是百姓的累或亡。战争带来悲剧连连,人们却依旧为改朝换代互相争夺残杀。历史长卷不断翻看,目光所及,都是泊于苦痛之中的艰难百姓,叫人怎么忍心再读?孟姜女亡夫的悲剧,又何尝不是战乱之时所有黎民的悲剧?

纳兰性德在看到这姜女祠时不知是否参透了这其中的真谛。海色残阳的光影里,辨不清是阳光给浮云涂了油彩,还是云彩给夕阳披了嫁衣,本就安宁的姜女祠因着隐约的涛声更加静谧。

宁静的空间最易让人产生深沉的思想。纳兰性德需要面对人生,或许对旁人而言,彪炳千古、称王称霸是人生的本质,而词人却有自己的答案:"六王如梦祖龙非。"

吞八荒、并六合盛极一时的始皇帝安睡在当时还没挖掘出来的秦陵,彼时雄震天下的六王如今也不过是一个冷却的梦。我们意气风发地数风流人物,可背后等待的却是"风流总被雨打风吹去"。

这词题为"**姜女祠**",写尽壮阔之景、博大之感,但事实并非单纯记游之作,而是借游此庙发往古之幽思,抒今昔之感,欲抑先扬。纳兰性德饱读诗书,写词看似直白易懂,实际用典巧妙,句句珠玑,不论写景抒情,都是发自肺腑,忧郁沉敛的骨子里是对历史和现实更加敏感的认知和反思。

纳兰性德及第后近十年来常伴天子身边,后来更是擢升为康熙身边的侍卫。旁人眼里无上荣宠的生活,在他心里不过是蹉跎一场而已。那些记载着过去的碑文被人们用力地刻在石头上，却难以被人记在心里。人力的造作终不敌自然的造化，所谓功名，所谓权贵，转瞬间便湮灭于青苔之间。

千古兴亡，百年悲欢，于寻常人不过顷刻阅过的几页薄纸，有心人则借以追昔叹今。

第六章 梦想彼岸,到不了的地方

挥之不去,血色年华

——苏轼《念奴娇·赤壁怀古》

大江东去,浪淘尽、千古风流人物。故垒西边,人道是,三国周郎赤壁。乱石穿空,惊涛拍岸,卷起千堆雪。江山如画,一时多少豪杰。

遥想公瑾当年,小乔初嫁了,雄姿英发。羽扇纶巾,谈笑间,樯橹①灰飞烟灭。故国神游,多情应笑我,早生华发。人生如梦,一尊还酹江月②。

【注释】

①樯橹:代指曹操的水军战船。樯,挂帆的桅杆;橹,摇船的桨。
②酹:把酒浇在地上作祭奠。此处指洒酒酬月,寄托感情。

【豪词酌香】

赤壁之战中,周瑜火烧连营,烧退曹操数十万兵马,保住了孙吴千里江山。这大概是历史上最吸引文人目光的一场战争。无数文人以炽热的情感,驰骋想象,笔酣墨饱地书写着这段壮丽的历史。

而在苏轼的笔下，这段惊心动魄的战事还激发了人们对历史与人生的深思。

浩荡江水，千古人事，齐头并进而来，永恒的自然与易逝的人事形成了鲜明反差。辽阔的历史时空中，再伟大的英雄豪杰也被"浪淘尽"，芸芸众生若想留名于青史更是谈何容易。在千古风流人物中，苏轼将三国时的周瑜提出来，既合"赤壁怀古"的题旨，又为下阕对周公瑾形象的精细刻画埋下了伏笔。

赤壁风景，自是风起云涌。陡峭林立的悬崖刺破苍穹，惊天的骇浪击打着江岸，汹涌的江涛卷起千万堆的雪浪。"穿""拍""卷"等动词的运用，仿佛将一幅浩瀚江景图卷慢慢舒展在读者面前。面对这如画江山，无怪乎苏轼会发出"一时多少豪杰"的喟叹。

羽扇纶巾摇出的飘逸潇洒永远是文人笔下的瑰丽，生存和死亡的残酷抉择，希望和绝望的瞬间转换才是战争的实质。浪漫仅属于遥远的观众，战场上单有血色。然而如果时代隔得够远，词人兴许会选择忽略残忍，只留心美丽，更何况战争的主角是风流倜傥、抱得美人归的周郎。故而备战的紧张、战机的千钧一发、火焰冲天的惨烈，只化成一句轻描淡写的"谈笑间，樯橹灰飞烟灭"。

此词笔力遒劲，气势千钧。瑰丽雄险的赤壁场景、英姿勃发的周郎，非胸怀旷达之人不能描画其万一。

赤壁重游，遥想公瑾当年，字里行间都可以看出苏轼是以周瑜自况。对赤壁之战的缅怀，还暗含了他对北宋边庭战事的关切。堂堂大宋，竟屡屡败北于撮尔小国西夏，不能不让人怀念周瑜以少胜多的壮举。

然而词人有报效疆场之志，却壮怀难酬。他本是文人，终究不是文武双全的周郎，于是叹这一句自作"多情"，叹这一句"人生如梦"，他本期待年华中染上血与火的精彩壮丽，却只能对着江月感慨，唯有以豪壮情调，来浇胸中块垒。

儒冠功名，错把身误

——晁补之《摸鱼儿·东皋寓居》

买陂塘、旋栽杨柳，依稀淮岸湘浦。东皋嘉雨新痕涨，沙嘴鹭来鸥聚。堪爱处，最好是、一川夜月光流渚。无人独舞。任翠幄张天，柔茵藉地，酒尽未能去。

青绫被，莫忆金闺故步。儒冠曾把身误。弓刀千骑成何事，荒了邵平瓜圃。君试觑，满青镜、星星鬓影今如许。功名浪语。便似得班超，封侯万里，归计恐迟暮。

【豪词酌香】

春夏之交，山东缗城的一处山水地，头戴草笠、身披蓑衣的老翁独坐塘边树下，一边自斟自饮，一边四处张望，脸上充满喜色。苏门四学士之一的晁补之五十岁被免官回乡，自号归来子，晚年生活中他最爱的就是这片池塘。

回乡后他便买了这个池塘，动手在四周栽满了垂杨柳。不过数年，便已经绿柳成荫。游走其中，他眼前仿佛出现了幻觉——"依稀淮岸湘浦"。淮河、湘江他都去游览过，此时依稀觉得自己又来到了

125

淮水两岸、湘水之滨。回过神来后,才发觉原来自家的杨柳绕堤和那两处名胜很相似。

疏疏落落的雨过后,此地风光极为秀美,溪水初涨,空气清新,鸥鹭聚集,相互嬉戏,赏心悦目。词人越看越觉得痴迷,越有点儿贪心,设想着晚上这里会是皎洁的月光把山坡、田野、房舍、树木、池塘映照,"一川夜月光流渚"的景象必会令人更加心旷神怡。想到这儿,他不免欣喜若狂,趁着酒劲儿独自翩翩起舞。头上的树冠遮天,地上的青草柔软,尽情地领略这田园生活,酒喝光了也不愿意离开。

半醉半醒的状态中不禁回想起了以往的岁月。当年在皇宫中享受皇帝秘书的待遇,出入宫帏都比较随意,在金门值班时盖的是青绫被,可谓风光一时。可那又怎么样?"儒冠曾把身误",耽误了美好的休闲时光。

迷离中他接着回味:达官贵人出行有"弓刀千骑"的护队又有什么意思,还不如效法秦朝末年的东陵侯邵平,他隐居长安城东去种瓜生活很不错。又想起了汉代的班超,远征西域,封侯拜将。他常年驻守西域,晚年被召回时已七十一岁,不久死去。便似班超,封侯万里,回归迟暮,又有什么意思呢?

他对自己曾经跻身官场感到十分后悔,凑近池塘照见了满头白发,更是暗恨当初为功名虚掷了大好时光。晚间他怕会是又要对着青镜痛饮一番,宣泄一下被免官的怨气。

明月依旧，人事已非

——叶梦得《念奴娇》

云峰横起，障吴关三面，真成尤物。倒卷回潮目尽处，秋水粘天无壁。绿鬓人归，如今虽在，空有千茎雪。追寻如梦，漫余诗句犹杰。

闻道尊酒登临，孙郎终古恨，长歌时发。万里云屯瓜步晚，落日旌旗明灭。鼓吹风高，画船遥想，一笑吞穷发。当时曾照，更谁重问山月。

【豪词酌香】

历史如同美酒，需要长时间的积累和发酵才能散发出醇香醉人的气息。北固山的一山一水、一草一木就如同盛装这美酒的容器，形式和内容相得益彰。

苏轼在被贬谪黄州时曾写下《念奴娇·赤壁怀古》，四十余载后，叶梦得在任江东安抚置大使时，漫步在镇江北固城的烟雨之中，触景感怀，故而和苏轼原韵，写下这首气势凛然可与苏轼词比肩的怀古词。

词人目尽之处，潮水倒卷回转，苍茫无际，江水和天空好似粘连在一起，无从分辨彼此。岁月无情，遥想当初自己还是"绿鬓"初生，是何等壮志满怀，而如今空留下这满头白发在风中飘摇。

"追寻如梦，漫余诗句犹杰"，往事如梦，早已成空，站在江边的他，不知不觉就被那秋风带回了遥远的三国，想起了那时的一众豪杰。孙策起兵江东，意气风发，谈笑间便击退万千兵马。只可惜他英年早逝，只留下这千年长恨随水而逝。

落日的余晖落在驻扎在瓜步一带军营中的旌旗上，明明灭灭，旌旗在风中猎猎作响。等到落日沉入江水，眼前的这一切也就要沉入那无边的黑暗。他遥望北方，黎民流离失所，朝廷却将杭州当作了汴梁，那平定外患、收复失地的宏景或许只能存在于幻想中。

想必叶梦得对苏轼是十分欣赏的，他这首词虽和苏轼的《念奴娇·赤壁怀古》时隔四十余年，辞藻韵律和其中蕴含的历史感怀的意蕴却十分相似。

苏轼在《赤壁怀古》的最后感叹"人生如梦"，与其如此，倒不如将那万古闲愁托付给那江上的清风、山间的明月，只盼望来生能够手持一樽清酒，驾一叶扁舟，泛游江上，醉倒在北固山这如画的江山、如梦的历史里。

可叹英雄，报国无门
——朱敦儒《水龙吟》

　　放船千里凌波去，略为吴山留顾。云屯水府，涛随神女，九江东注。北客翩然，壮心偏感，年华将暮。念伊、嵩旧隐，巢、由故友，南柯梦，遽如许！

　　回首妖氛未扫，问人间、英雄何处？奇谋报国，可怜无用，尘昏白羽。铁锁横江，锦帆冲浪，孙郎良苦。但愁敲桂棹，悲吟《梁父》，泪流如雨。

【豪词酌香】

　　南下金陵的小船顺水漂流，一湾碧水轻荡，两岸高山深峡，风光秀丽险峻。可逃难的人没有半分心思欣赏，对着吴地山水只是"略"扫一眼，满心唯有悲伤与激愤。天色渐渐暗下来，天上的云朵大团聚集，漫天浓密乌黑。江水也更加急切地奔流，波涛怒吼着滚滚向东，浪头越打越高，一场疾风骤雨即将到来。

　　北宋末年，金兵大举入侵中原腹地，宋军节节败退，大片城池沦陷，甚至连宋徽宗、宋钦宗父子都被金兵掠去。生逢乱世，国运飘零，朱敦儒也携带家眷一路仓皇南下。此时他悲愤而无奈，空有一腔壮志热血，可报国无门，只能如蝼蚁般苟且偷生。词人深感"年华将暮"，自己却成了漂泊南国的"北客"，年岁无情地留下了暮年的痕迹，让自己的凌云之志愈加无法施展。想当年，在伊阙与嵩山之地，和像巢父、许由一般高尚的挚友同游，览中原风光，指点江山，激扬文字，一抒壮怀激烈。看今朝，大片国土沦丧，金兵铁蹄南趋，城池接连告急，国家形势到了最危急的时刻。

"问人间、英雄何处？"这一问，包含多少无奈与辛酸。眼看着祖国遭逢这样的劫难，天下黎民无一不盼望能出现盖世英雄，平乱定国。

朝堂之上早已被奸佞之人阻断视听，沙场上大将无力指挥，军心动摇。上层统治者偏安一隅，自以为江山无忧，而忘了当年东吴企图凭长江天堑保国却被西晋击退的典故。需以史为镜，方可知古今；知晓了古今，才能因症施治。他所思所想皆是以国家利益为先，也可谓治国之策。可远在他乡，他的良策只能对自己、对流水、对手中的船桨诉说，无人知晓他心内的愁苦。去国离乡之人，犹如飘零的落叶般渺小，从此，辗转于尘世。思及此处，一曲《梁父吟》轻脱于口。

国家命运堪忧，统治者浑然不觉，自身报国无门，英雄又无处寻觅。这种种忧虑困扰着乱世中的许多人。可能，当数年后，岳家军驰骋沙场时，朱敦儒的困惑才有了答案：人间英雄遍地，只恨统治者不识，无人揾去英雄泪。

梦断何处，无人知晓
——陆游《诉衷情》

当年万里觅封侯，匹马戍梁州。关河梦断何处，尘暗旧貂裘。

胡未灭，鬓先秋，泪空流。此生谁料，心在天山，身老沧洲。

【豪词酌香】

人至暮年，好奇与憧憬渐渐变得稀薄，回忆反而日益沉重。此时多半人都已抖落了来路上沾惹的游丝尘屑，渐渐归于清醒的迟钝，似乎能够洞察一切，却不再跃跃欲试地炫耀智慧，由激越到安详，由绚烂到平淡，一切色彩喧哗终会消隐。一方种植着梦想的心田，也会归于老迈时的一片荒芜，其间无论得到或失去，最终也变得淡然。

而对陆游来说，似乎并非如此。他生在北宋灭亡之际，不知道是不是因为这特殊的年代赋予了他深沉的爱国情怀，令他一生都沉浸在这份激情与冲动之中。生于国家破败之时，复国之梦犹如不屈的灵魂，深深注入词人的血液中，并伴随岁月的起伏逐渐融化在他的心里。蓦然回首,他发现在青春包裹下隐隐跳动的梦想,依然炙热暖心。

想当年他雄心万里,不为名利,只为家国,策马奔腾,扬起万丈红尘。"关河梦断何处",没有答案,却已明了,此生再没有自己的战场。杀敌报国之梦已然破灭,封侯壮志戛然收住,剩下的只是忧伤与愤懑,只是梦想破灭后的恍惚渺茫和无奈落寞。征衣落尘,心又何尝不是布满尘埃呢?

流年暗度,两鬓斑白,词人并非贪恋人世,只是收复失地的梦想,好似手中断了线的风筝,愈飘愈远,再也握不到。岁月经不起蹉跎,纵然雄心仍在,却徒留壮志难酬的愤懑;即便报国之志犹存,不料自己时时都处在梦想与现实的罅隙中。

陆游一生忠肝赤胆,将自己对身世家国的感慨融于"匹马""关河""貂裘""天山""沧洲"之中,情感深沉,意境苍凉,更显形象而深刻,笔调雄劲,又有悲恸之情缓缓流溢,悲壮中蕴藏沉郁,哀痛却不消沉,不禁给人荡气回肠、绵绵不绝之感。

偏偏是心怀梦想之人,越是满怀希望,越会失望得彻底。陆游用尽全身力气,也未能挽回故土一隅。蝴蝶飞不过沧海,自然无人忍心责怪,然而谁又知晓,它尽力扇动翅膀却最终葬身大海时,那份深深的不甘心和不甘愿。

然而不甘愿又如何呢?他只是荒淫政治下的一颗棋子而已,虽有万千期望,终是不能自主,只得在一圈又一圈年轮中,看凄风苦雨,看这偌大世间何时落幕。

流年虚度，遗憾重重
——陆游《谢池春》

壮岁从戎，曾是气吞残虏。阵云高、狼烽夜举。朱颜青鬓，拥雕戈西戍。笑儒冠、自来多误。

功名梦断，却泛扁舟吴楚。漫悲歌、伤怀吊古。烟波无际，望秦关何处。叹流年、又成虚度。

【豪词酌香】

爱国之情在陆游的作品里频有表述，且多慷慨激昂、壮怀激烈，这首《谢池春》写于晚年赋闲乡里之时，鬓白体衰之后回忆往事，更加悲恸万分，却又无力回天，只能落得无奈叹息。

生在那样一个山河飘零的时代，或许从初懂人事开始，陆游就立志要为这破碎的家国奉献毕生精力。"壮岁从戎，曾是气吞残虏"，年老时的他时常想起从戎的那些日子，虽然只有短短的八个月，却是他一生最难忘的时光。

战场的阵阵高云和夜间四起的狼烟，都是特殊的风景。想当年自己"朱颜青鬓"，雄心壮志，意气风发，欲要一举收复西北失地，一偿夙愿。虽有复国之心,却始终事与愿违。自古儒冠多误身,陆游虽有投笔从戎之志,可文人出身的他在军中也只能担任一些不重要的文职,既难全自己的报国之心,亦不能为恢复河山贡献全力。

"功名梦断,却泛扁舟吴楚",愿望落空的他在历经辗转后,终于在光宗绍熙元年(1190年)回到老家山阴。他也曾想就这样平平淡淡过完自己的一生,但每当夜深人静之时,战场上铁马冰河般的厮杀声一次次地闯入他的梦境,提醒着他那个未完成的复国之梦。也就是在那样的深夜里,年迈的陆游老泪肆意,伴着那一盏孤灯,提笔写下诸多饱含爱国之情的诗篇。

忆往昔,心意难平,只能唱出悲歌,以悼古来疏解心绪。他曾写下这样的诗句:"秦关汉苑无消息,又在江南送雁归。"虽身处江南烟雨美景之中,却怎么也不能忘怀对秦关的向往。只可怜造化弄人,空有收复旧河山之志,却始终报国无门,只能在年老时悲叹一句"流年虚度"。

或许人生就是一场充满无奈的梦。即使满怀希望,并且为之努力一生,最后也未必能够得偿所愿。

中原遗老,有泪如倾
——张孝祥《六州歌头》

长淮望断,关塞莽然平。征尘暗,霜风劲,悄边声。黯销凝。追想当年事,殆天数,非人力;洙泗上①,弦歌地,亦膻腥②。隔水毡乡,落日牛羊下,区脱纵横。看名王宵猎,骑火一川明,笳鼓悲鸣,遣人惊。

念腰间箭,匣中剑,空埃蠹,竟何成。时易失,心徒壮,岁将零。渺神京。干羽方怀远,静烽燧,且休兵。冠盖使,纷驰骛,若为情。闻道中原遗老,常南望、翠葆霓旌。使行人到此,忠愤气填膺,有泪如倾。

【注释】
①洙泗:古代鲁国的两条河,洙水和泗水,流经曲阜。此处代指中原地区。
②膻腥:牛羊的气味。

【豪词酌香】
爱国志士张孝祥站在淮河岸边,遥望茫茫北地,枯落的林木如黄色的秋草一样伸向远方。四野冷落萧索，荒无人烟。此地没有烽火狼烟，没有军伍征尘，没有马嘶号鸣，有的只是"霜风劲，悄边声"，歇止了复土的战事，只剩下西风吹冷。

主张求和的人与金人来往，希望苟且偷安，引发了词人满腔悲愤。国家面临危殆，欲要扭转乾坤，却彷徨无计。回想前尘往事，都因一再退让才招致二圣蒙尘，失去半壁江山。之前悲剧的原因不好细加道说，只好用"殆天数，非人力"来表达难言的愤恨。

昔日的文化之邦、弦歌之地都被金人占领，随了北人的风俗。你看那隔着淮水的北岸，大好的中原沃土已成搭建毡帐之地，变成了放牧牛羊的草场；每当夕阳将落，满山遍野的牛羊回归圈舍，密布的金兵哨所，处处升起袅袅的炊烟。待到夜晚金人将领率众出猎，一川的火把把山河照亮，箛鼓之声响如悲鸣，不知是要突袭越境，还是在炫耀武力，让人见了、听了不禁心惊。

念着敌人的嗷嗷狂态，他奋起长歌："腰间箭，匣中剑，空埃蠹，竟何成。时易失，心徒壮，岁将零。"腰里的箭和匣中的剑都放置那里蒙灰遭蛀，迎战的大事一件无成，失去战机国家将更加危殆。然而奸人当道，报国无门，只能虚度光阴。眼睁睁看着北国"神京"依旧沦陷，也只是空怀壮志，无能为力。

可笑卖国求荣之人，竟想用和谈苟安一隅。可叹中原百姓常常站在高处翘首南望，期盼王师北伐恢复故土，逃脱被奴役的命运，却一次次在希望中转为失望。南方的臣民如能亲睹这一情景，必会悲愤到泪如泉涌，谁还会寄望以和谈的方式感化敌人放下屠刀！

忧愁风雨，流年辜负
——辛弃疾《水龙吟·登建康赏心亭》

楚天千里清秋，水随天去秋无际。遥岑远目，献愁供恨，玉簪螺髻。落日楼头，断鸿声里，江南游子。把吴钩看了，栏干拍遍，无人会、登临意。

休说鲈鱼堪脍，尽西风、季鹰归未。求田问舍，怕应羞见，刘郎才气。可惜流年，忧愁风雨，树犹如此。倩何人，唤取红巾翠袖，揾英雄泪！

【豪词酌香】

建康的秋天，并不比别处的更寒，而辛弃疾的心却一直冰凉到凛冽。宋朝国土在一寸寸丧失，而天子的日子却一如往昔，秦楼楚馆尽是罗绮飘香，秦淮两岸笙歌不断，全然不顾驱逐鞑虏之事。

偏偏是，众人皆醉中，有人独醒。欲进不能，欲罢不忍，处在这样尴尬的十字路口，辛弃疾无论是向左走还是向右走，都找不到实现梦想的温床。于是，登高与作词，便成了泄愤的出口。

建康以虎踞龙盘的险要地势、玉簪螺髻的秀美风骨、笙歌香酥的繁华秦淮著称。六朝古都又为它添了一层文化底蕴,文人墨客到此必不会吝惜笔墨,墙壁之上尽是淋漓字迹。辛弃疾登上赏心亭,心中郁结自然会淌成一条河。

他仰望楚天,千里之外,皆是云淡风轻,天高气爽。视线尽处,天际线渐渐下移,水天交汇处,江水如奔腾的万马,浩浩荡荡奔流不息。词人叹一口气,又极目远眺,眼之所及是挡不住的千叠万峰,蒙蒙山影或像美人头上插戴的玉簪,或像仕女头上螺旋形的发髻。可惜这壮美山河却"献愁供恨"。西北神州被金人牢牢把持,收复无望,自然令他忧愁怅惘。

夕阳下沉,岁月蹉跎,梦想被放逐,无奈如他,只得看尽吴钩,拍遍栏干,将强烈可摧毁一切的悲愤,施与腰间的宝刀、亭上的栏杆。好一个无奈的英雄,只得把一腔有关家国的梦,遗落给残损的现实。

西风起,秋节至。合该是北雁南飞,游子归乡。而辛弃疾的家乡仍处于金人铁蹄之下,如若像张翰一样逃避现实,置破败山河于不顾,南宋最终会被金人吞噬。但是纵然如刘备一样心怀天下,如桓温一般志节气高,辛弃疾一人也难转南宋乾坤。"可惜流年",一个"可惜",包含多少无奈。词人年岁渐高,恐再闲置便无力为国效命,而这个羸弱无骨的时代,却始终未能许他春暖花开。

有人曾说,辛弃疾用戎马一生的梦,换得万古流传的词,生命对他倒也公平。然而,谁又知晓,如若可以,辛弃疾愿以淋漓的笔墨换一场痛快的征战。

却只是,流年辜负了他。

筹边独坐，北望神州
——戴复古《水调歌头·题李季允侍郎鄂州吞云楼》

轮奂半天上，胜概压南楼。筹边独坐，岂欲登览快双眸。浪说胸吞云梦，直把气吞残虏，西北望神州。百载一机会，人事恨悠悠。

骑黄鹤，赋鹦鹉，谩风流。岳王祠畔，杨柳烟锁古今愁。整顿乾坤手段，指授英雄方略，雅志若为酬。杯酒不在手，双鬓恐惊秋。

【豪词酌香】

宋宁宗嘉定十四年（1221年），南宋在湖北黄州、蕲州一再击败来犯金兵，一度造成了所谓"百载一机会"的有利形势。此时李季允到任武昌统领舟师，大振士气，巩固江防，并修建了吞云楼。此时戴复古正在武昌，便登吞云楼观览胜景，写下了这首大气磅礴的词，抒发冀望李季允有大作为的情怀。

《世说新语》载，东晋时征西将军庾亮拥重兵镇武昌，曾在南楼上与众文人咏唱娱乐，李季允此时坐镇鄂州，职责与庾亮相似。

词人认为李季允来率军备战,当然胜过庾亮的闲情吟诗,因此他以"胜概压南楼"来喻指李季允胜过当年的庾亮。

在如此巍峨的高楼上登临纵目自然是乐事。然而对李季允来说,重任在身,即便登楼也不是来观景的,而是为了观察地形,侦察远方敌势,之后独坐苦思破敌大计。他为此楼取名吞云楼,不是在抒发文人的风致情怀,而是想"直把气吞残虏,西北望神州"。李季允进士出身,忠直敢任,擅于治军,皇帝倚重,此次出镇武昌,有驱除北虏之志。作者虽是布衣之士,也由此深受鼓舞,与李季允一样,胸中充满了一腔"气吞残虏",收复失地的豪情。

与吞云楼同在武昌的是黄鹤楼和鹦鹉洲,黄鹤楼有唐代崔颢"黄鹤一去不复返,白云千载空悠悠"的诗句,鹦鹉洲有汉代祢衡写的《鹦鹉赋》,两者都是为了抒发悲感愁情,然而他们的愁情,无法和"岳王祠畔"的浓重愁云相比。南宋时建的武昌忠烈庙是全国最早的岳飞庙,词人由吞云楼、黄鹤楼、鹦鹉洲联想到了武昌岳王祠。一代抗金名将惨死于"风波亭","待从头、收拾旧山河,朝天阙"的宏愿未能实现,留下了"杨柳烟锁古今愁"。他盼望着李季允如岳飞一样,拿出整顿乾坤的手段,率领朝廷大军,指挥英雄将士,取得击破金军的更大胜利,以使岳王的遗志终能得酬。

此词写出楼之形,又能融进历史的沧桑之感,最后传达出人之情,气势博大,充满豪迈的浩然正气。全词意境开阔雄浑,风格悲壮苍凉,颇有"稼轩风"。

铁马晓嘶,营壁冰冷
——刘克庄《满江红》

夜雨凉甚,忽动从戎之兴。

金甲雕戈,记当日、辕门初立。磨盾鼻、一挥千纸,龙蛇犹湿。铁马晓嘶营壁冷,楼船夜渡风涛急。有谁怜、猿臂故将军,无功级。

平戎策,从军什。零落尽,慵收拾。把《茶经》《香传》,时时温习。生怕客谈榆塞事,且教儿诵《花间集》。叹臣之壮也不如人,今何及。

【豪词酌香】

午夜梦回,衾寒被冷,听闻窗外雨打芭蕉,恍如听闻战场金戈交击声。绍定六年(1233年),南宋和蒙古联合灭金,战事激烈,刘克庄"忽动从戎之兴",却发现自己无能为力,只能寄词抒怀。

词人回忆自己初披战袍、加入军幕的激昂场景。辕门的将士穿着金甲,手持雕画的枪戈,大旗飘飘,声势赫赫,年轻的他在这样的军伍里受到主帅的器重,心中颇感骄傲。回想那时在幕府掌文书,

141

军情紧急时便在盾牌鼻钮上磨墨，起草军事文书运笔如飞，千张纸写完后，前面写的字迹还没干。自己草拟文书有笔走龙蛇、倚马可待的超人才气，被当时的人们誉为"烟书檄笔，一时无两"。

然而，世事难圆满，当年随军经历了白天和黑夜的无数次战斗，到头来却被人排挤。看看汉代神勇的李广，与匈奴大小七十余战，却终不得封侯。想到此处，他心中自是愤愤不平。

窗外的雨仍下个不停，思绪又转回自己的当下——此时已是废退之身，以往长期积累的记载战斗生活的诗文、冥思苦想制定的战阵之法、平戎之策都因无心保存零落尽了。如今每天浏览的是茶经和香谱，过的是淡泊宁静的日子，传授的是缛丽妖娆的《花间集》，连与朋友在酒桌上、茶盘间的对话都生怕提起边塞的烽烟。

春秋时一件事让他感触很深，郑大夫烛之武对郑文公说："臣之壮也，犹不如人；今老矣，无能为也已。"自己和烛大夫所说不正好相似吗？年轻的时候都比不上别人，如今恐怕更加无能为力，歇止这份雄心吧。

感叹流年岁晚，不能一展抱负，又何尝不是抱怨他自己不能被朝廷所用，报国无门，壮志未酬。

自古英雄，如今何在
——刘过《沁园春》

卢蒲江席上，时有新第宗室。

一剑横空，飞过洞庭，又为此来。有汝阳琎者[①]，唱名殿陛[②]，玉川公子[③]，开宴尊罍。四举无成，十年不调，大宋神仙刘秀才。如何好，将百千万事，付两三杯。

未尝戚戚于怀，问自古英雄安在哉。任钱塘江上，潮生潮落，姑苏台畔，花谢花开。盗号书生，强名举子，未老雪从头上催。谁羡汝，拥三千珠履，十二金钗。

【注释】

①汝阳琎者：唐玄宗李隆基之侄李琎封汝阳郡王，在此借指新第宗室。
②唱名殿陛：指殿试录取后宣布名次。
③玉川公子：唐代诗人卢仝号玉川子，借指宴会主人卢蒲江。

【豪词酌香】

一柄寒光闪闪的宝剑横空出世，长飞穿行过了洞庭湖，直落到蜀地的蒲江。如此的意境让人联想：这必是一位幽谷里的侠客，裹着遮过半边脸的头巾，手中宝刀如霜雪一样闪耀白光。他流星闪电一样飞驰，十步之间，强敌头已割落；横行千里，所向无与匹敌。

或者此人心有飞剑横空的壮志、匡济天下的奇想、气势如虹的豪举，意气风发，英雄烈烈，勇往直前。

身为"辛派词人"中最为著名的一位，刘过以振兴江河日下的国运为己任，不愿意苟安于颓败的现实，却屡试不第，空怀一腔报国之志却找不到济世救国的门路。

蒲江卢县令的宴会上，一位新考取进士的皇室宗亲，没真才实学而态度骄矜，更缺乏忧国忧民的情怀。刘过不屑与这种人为伍，又顾及友人卢县令的面子，只好虚与委蛇，郁气暗结。想起自己几番应试都被黜落，多年奔走没被授予一官半职，愤然自称我是逍遥浪子——"大宋神仙刘秀才"。

缺德少才的轻松及第者与屡试不第的大宋才子同一宴席，两极的反差，对比鲜明，让人越想越别扭。对此又怎能奈何，只好声称：把百千件事、万种愁情用两三杯浊酒打发掉，因此宴上他只管连杯喝酒。

豪迈的人总是胸怀宽广，他没有对自己的逆境耿耿于怀，而是拷问世间"英雄安在"，心中揣的是南宋的前景，寻的是能够匡世济民的英雄同道。国势兴亡犹如钱塘江一般潮起潮落，又似姑苏台畔花谢花开，词人虽对朝廷的腐败与国势的衰微焦虑，却只能听之任之，如何不让人悲恸。他不能忘怀时事，悲慨枉读诗书而于事无补，国弊不能渐减，白头却见增多，念及于此，情已不堪了。

自忖穷酸的他，还是对那些只管穷奢极欲不顾国计民生的人嗤之以鼻，愤然道出了"谁羡汝，拥三千珠履，十二金钗"的嘲讽，他心中该是包括了在座的那位进士。这种人即便有无数的财富、众多的美姬、骄人的地位，又能如何？还不是一具行尸走肉，粪土不如。

喜惧并存，矛盾重重
——蔡松年《念奴娇》

还都后，诸公见追和赤壁词，用韵者凡六人，亦复重赋。

离骚①痛饮，笑人生佳处，能消何物。夷甫②当年成底事，空想岩岩玉壁。五亩苍烟③，一丘④寒玉，岁晚忧风雪。西州扶病，至今悲感前杰。

我梦卜筑萧闲，觉来岩桂，十里幽香发。崔隗胸中冰与炭，一酹春风都灭。胜日神交，悠然得意，遗恨无毫发。古今同致，永和⑤徒记年月。

【注释】

①离骚：屈原作《离骚》。
②夷甫：魏晋名士王衍，字夷甫。
③苍烟：喻指草树。
④一丘：小山。
⑤永和：晋穆帝年号，此处指《兰亭序》记载"永和九年"一事。

【豪词酌香】

世上不乏放浪形骸之人。竹林七贤谈玄醉酒，长歌当哭，好似不食人间烟火的仙人，隐于酒乡，遁世避祸，昏昏然中倒渲染出一片富有奇异色彩的历史，留下了一段逍遥洒脱的故事。唐代诗人王勃，天性狂傲不羁，血气方刚时便挥手写下千古名篇《滕王阁序》，甚至连孟尝、阮籍都不放在眼中。

及至蔡松年，虽不敢骄狂，不敢自诩名士，言行举止间亦有风流之姿。他款款说道人生最得意的事情莫过于每天痛痛快快地狂饮一番浊酒，再闭上眼睛懵懵懂懂地诵一诵《离骚》，如此便万事全休。斯人大有李太白"人生得意须尽欢，莫使金樽空对月"的气概，隐含放浪之怀、辞官之意、避世之心。

抚今怀古，想起那玉璧般俊俏的晋代名士王衍，不提早谋划退身，终于招致杀身之祸。人称"岩岩清峙，壁立千仞"的貌美王衍，才气过人，位居宰相，却崇尚清淡，不理国政，导致西晋覆灭，自身不保。王衍至死还没有明白居高位者应趁早退身的道理。

在高位而应该"岁晚忧风雪"的不仅仅是王衍一人，东晋的名臣谢安也在岁晚之时沦于凄凉。他虽官至宰相，是治世能臣兼统军帅才，淝水一战击败前秦百万大军，一度收复河南失地。然而终因功名太盛招人忌，外放避祸，最后"西州扶病"。谢安的晚年至今让人感喟。

而洞彻世事的蔡松年却早存忧患意识、退隐之心，自号"萧闲老人"，并在镇阳筑"萧闲堂"。此时他幻想着回到萧闲堂时的情景，生于岩上的桂树，十里飘香。他深感自己心中喜惧并存，矛盾重重，如冰与炭不能相容,幻想只要"一酌春风都灭",醉里乾坤自清,喝上他千盅万斛酒,什么烦恼都归于消灭,落得个无喜也无忧。

人生如梦,是醉是醒,今夕是何时,无法说得清。一杯杜康入喉,有时也会烈得呛出眼泪。酒固然可以短暂麻痹愁绪,但酒杯有底,愁绪无垠,酒杯满时,那溢出来的惆怅又该如何安放。

按词序所说,他与诸人约好了效法苏轼"赤壁怀古"韵调各作一词,已有六个人完成。众人面前不好直陈自己避世心曲,因而以"胜日神交,悠然得意,遗恨无毫发"来虚加搪塞,叙说在这相聚喜庆的日子里,丝毫没什么遗恨,很是快乐满意。最后如王羲之作《兰亭集序》般,写上什么"永和九年"之类的话,无奈之情还是在词句的行间显露出来。

整首词文采清丽,韵致铿锵,用典巧妙,词情疏荡,婉丽中又有豪放,在这种超旷简远的潇洒中,失落、无奈、忧郁、悲凉却也渐次浮现,无怪范文白赞其曰"此公乐府中最得意者"。

黄尘滚滚，老尽英雄
——元好问《临江仙·自洛阳往孟津道中作》

今古北邙①山下路，黄尘老尽英雄。人生长恨水长东。幽怀谁共语，远目送归鸿。

盖世功名将底用，从前错怨天公。浩歌一曲酒千钟。男儿行处是，未要论穷通。

【注释】

①北邙：河南洛阳市北，在黄河南岸，葬有许多历代王侯公卿。

【豪词酌香】

北邙山上少闲土，尽是洛阳人旧墓，词人望着那一处处、一堆堆大大小小的坟茔古墓，仿佛见到那长眠地下之人的一个个面孔，有多少都是古时叱咤风云的英雄、名震当时的大豪、享尽富贵的王侯。想着他们在世的时候，不是雄霸天下，就是盛极一时，可如今只是一把烂掉或者没烂完的尸骨，一抔黄土掩尽了他昔日的光芒。凝思至此，他忘记了悚惧，只觉得塚里的灵魂可怜亦复可悲。

元好问在从洛阳前往孟津的途中,路过坡岗交错、松柏森森的北邙山,听闻松柏树与蒿草在风中的呼啸声,念及从古至今有多少英雄豪杰为了匡扶社稷、建功立业而奔走于此,不禁想到自身虽有匡时济世的远大志向,却无力抵抗冰冷坚硬的现实。

眼下没有谁与他讨论躺在地下之人的前尘往事以及功过是非,也没有人与他分享这种扰心的幽叹,只有一队鸿雁在秋高气爽的空中为避寒南归,还能听到它们的鸣叫。目送飞雁渐渐远去,想着季节的不断更替、时光的飞速流逝,禁不住一再咨嗟:"人生长恨水长东。"想到辛苦奔波的人生,最终收获的只不过被埋进黄土,每个人的归宿都概莫能外,他的心情比树荫坟下森黑的土还灰暗。

本是途经此地,却触发了怀古情怀。审视这里从周到汉、晋、后唐的数十座帝王陵墓,还有汉光武帝刘秀、秦相吕不韦这样的英雄和奇人,他想起宋黄庭坚的诗句:"贤愚千载知谁是,满眼蓬蒿共一丘。"黄土掩埋的地下之人,即便是获取过盖世功名又怎样呢?

以往还曾慨怨命运不济、世道不公,如今站在这千古坟头上顿悟:苦求建立功业和慨叹命运不佳尽都落入下乘,浩歌一曲,醉上千钟,享受当前,才是智者所为。

料想今宵，没有好梦
——陈维崧《夜游宫·秋怀》

耿耿①秋情欲动，早喷入、霜桥笛孔。快倚西风作三弄。短狐悲，瘦猿愁，啼破冢。

碧落银盘冻，照不了、秦关楚陇。无数蛩吟古砖缝。料今宵，靠屏风，无好梦。

【注释】

①耿耿：明亮。

【豪词酌香】

秋日的景色该是明丽的，可这是个多事之秋，至少在主人公眼里这个秋日满是愁情。

西风习习吹至，送来阵阵凉意；秋雨淅淅沥沥，带给人的是满心满面的愁绪；秋霜已染了多场，秋叶黄落，撒了一地，在沟壑里堆积，挤在一起取暖并诉说着秋季的无情。

秋意伴着秋凉随处窜动，钻进水流上的桥孔，也钻进伤秋人的笛孔。钻过桥孔是要把一条江染上秋的澄碧寒凉水色；钻进笛孔是有人手掌长笛，在吹着有关秋的曲子。"羌笛何须怨杨柳，春风不度玉门关"，曲子本是诉说戍边士兵的怀乡情，而陈维崧却要吹奏展示梅花洁白、芬芳和不畏严寒的《梅花三弄》，或许他的心里已有所属。

秋肃的威凌侵袭了万物，最有灵性的动物都已不堪。瘦小的狐狸在悲号，不知是因失偶而悲，或是失子而悲，抑或是为饥寒悲鸣；瘦弱的猿猴更畏寒，秋日的凄冷让它们发愁，谁没听说过那句"猿啼三声泪沾裳"！更让人悲悯的是啼号声来自破坟地，谁知它们是不是因畏寒钻进墓洞里。

月亮本是亮而圆的，人们愿意用来象征美好的事物，她总是给人抚慰关爱，乃至送信传情；然而今夜的月因秋冷被冻凝了。她移不动了，变得冷酷无情，照不进秦关，也照不到楚陇，两地相思的人，无法千里共婵娟，边关的战士也体会不到乡情。只能听到"无数蛩吟古砖缝"，一声声从墙缝里传出的细密蟋蟀鸣，叫得人更加感到凄寒苦冷。

如此的凄清，如此的秋声，如此的思念，今宵主人公再难入睡，只有坐靠床边的屏风上忍受孤独；料想即便睡下了进入梦乡，也会是执手相看泪眼的离别梦。

陈维崧共有四首《夜游宫》，此为第一首，陈廷焯《白雨斋词话》对此曾有极高评价："字字精悍，如干将出匣，寒光照人。"读完这首词，则知陈老之言确为公允之评。

第七章 仰天长啸,剑气直冲云霄

笔下如风，杯中不醉

——欧阳修《朝中措·送刘仲原甫出守维扬》

平山阑槛倚晴空，山色有无中。手种堂前垂柳，别来几度春风。

文章太守，挥毫万字，一饮千钟。行乐直须年少，尊前看取衰翁。

【豪词酌香】

文豪似乎与酒总有不解之缘，阮籍一喝一醉，常常连月不醒；李白斗酒诗百篇；欧阳修亦不例外。都是海量之人，喝多少也不糊涂。故而，欧阳修有诗云，"一生勤苦书千卷，万事销磨酒百分"，于是乎不禁感叹"人生何处似樽前"。

到底什么才是真的人生，恐怕每个人的回答都不同，但把酒言欢、及时行乐无疑是其中最为畅快的一种。欧阳修一生宦海沉浮，几经贬谪，流年岁月，再次饯别知己，人生感慨不免脱口而出，遂留下酒中佳酿《朝中措》。

那一日词人百无聊赖，遂登上险峻旖旎的平山。是日，天朗气清，惠风和畅，抬头仰望天空碧青，万里无云；低首俯瞰，一览众山小；侧目远瞻，江南远山、金陵古城隐隐可见，何其壮阔。手种垂柳既有对生活琐事的深情，"枝枝叶叶离情"，不知道已经过了多少个春秋。几度春风几度霜，深婉细腻处更添豪放。

下笔如风，一饮千钟，太守才气纵横、满腹豪情，都栩栩如生跃然纸上。"行乐直须年少，尊前看取衰翁"，人生几何，须要及时行乐。时光易逝，唯有一醉方休。看似消极，却隐隐有苍凉豪迈之情、顿挫之感。这一杯酒，喝得醉卧红尘，笑谈千古人生事，虽为醉言醉语，却实在吟诵得情真意切。欧阳修为人为官，光明磊落，酒后沉醉，也丝毫不辱才名；斗酒填词，留下一座"醉翁亭"，供后世瞻仰。

欧词一洗晚唐五代以来花间词的香软艳冶，风格清新疏淡、高远峻洁、娴雅旷达。清人冯煦评价欧词称其"疏隽开子瞻，深婉开少游"，这首词当真是再恰当不过的佐证。

文人亦有，英雄梦想
——苏轼《江城子·密州出猎》

老夫聊发少年狂，左牵黄，右擎苍，锦帽貂裘，千骑卷平冈。为报倾城随太守，亲射虎，看孙郎。

酒酣胸胆尚开张，鬓微霜，又何妨。持节云中，何日遣冯唐？会挽雕弓如满月，西北望，射天狼。

【豪词酌香】

苏轼是个书生，温文尔雅，似乎很难和"弯弓射大雕"的壮士联系起来，但这一次他给自己塑造了一个英雄的形象。宋神宗熙宁八年（1075年）深秋，苏轼任密州知州时，因大旱而去常山祭祀求雨，回返途中与众人会猎于铁钩。兴奋之余，苏轼写下了这首流传千古的豪放词。

自称"老夫"的苏轼在这一年刚满四十岁。正值年富力强，他却自称"老夫"，或许宦海浮沉多年，他已身心疲惫。打猎的队伍千骑呼啸，席卷平冈。广袤的围场内，呼鹰策马，箭镞纷飞，紧张而热烈。健马奔跑，如龙一般，带着阵阵疾风。苍鹰为了追逐狡兔，掠地低飞，几乎擦到了草尖。城中百姓听闻太守田猎的壮举，便蜂拥至黄茅冈前。正在兴头上的太守，看着密密麻麻的围观者，豪情更增。说时迟，那时快，只见一头猛虎向苏轼的坐骑猛扑过来。苏轼拈弓搭箭，瞄准那大虫的前额，只听"嗖"的一声，飞箭直射。对历史典籍熟稔在心的苏轼心想，自己此时的风采定然不输三国的孙权。

　　太守此时酒意酣浓，雄心烈胆刚刚被激发起来，即使两鬓生霜，又算得了什么呢？借着酣浓的酒意，词人忍不住疾呼："持节云中，何日遣冯唐？"他盼着冯唐持节来密州，带来让他再书魏冯传奇的机会。尽管心有不甘，但此时的苏轼仍是豪情满怀："会挽雕弓如满月，西北望，射天狼。"

　　对这首词，苏轼很是惜重，曾致书友人："近却颇作小词，虽无柳七郎风味，亦自是一家。"他已意识到，在柳永"杨柳岸，晓风残月"的词风之外，自己正别立格局，且在词中将文人的英雄梦想，尽兴唱了个酣畅淋漓。

　　上阕由会猎入笔，下阕却将笔意落于抵御外侮一事，起承转合间毫无阻滞，一气呵成。全词意境开阔、词调豪迈、感情奔放、形散意合，又旁征博引，将雄心壮志宣泄殆尽。

逆境之中，积极乐观
——黄庭坚《念奴娇》

八月十七日，同诸生步自永安城楼，过张宽夫园待月。偶有名酒，因以金荷酌众客。客有孙彦立，善吹笛。援笔作乐府长短句，文不加点。

断虹霁雨，净秋空，山染修眉新绿。桂影扶疏，谁便道，今夕清辉不足。万里青天，姮娥何处，驾此一轮玉。寒光零乱，为谁偏照醽醁①。

年少从我追游，晚凉幽径，绕张园森木。共倒金荷家万里，难得尊前相属。老子平生，江南江北，最爱临风笛。孙郎微笑，坐来声喷霜竹。

【注释】

①醽醁：酒名，又名醁醽、绿醽。

【豪词酌香】

秋雨刚下过，天空被清洗一次，愈加明净无尘；有条彩虹一头插在山上，弯弯如断桥。雨后青山在夕照下宛如美女的眼眉，清秀如画。汉代才女卓文君美媚之态的最佳处便是"眉色如望远山"，而在词人眼里则是青山的秀美如少女的长眉，对雨洗青山具有的鲜活生命力大加赞叹。

中秋佳节刚过，升入天空的月轮只小了一点边缘，看上去清辉依然。望着天上那枚幽幽的月，让人生出奇异联想——枝叶茂盛的桂树是最美妙的风景，伐桂人或许在零乱的淡淡辉光下喝着桂花酿制的美酒。月上的人日子悠闲，地上的人富于幻想，历来人们都把嫦娥想象成孤独寂寞的典型，说是"嫦娥倚泣"，只有玉兔陪着她捣药。词人今晚却好似见嫦娥从寂寞清冷的月宫中走出来，并兴高采烈地驾驶一轮玉盘，在夜空中放纵驰骋。他是大手笔地忽发奇想，臆测中那位月中的美女驾驭技术一定很不错，轨道从来都不偏移。

今晚这位老夫可谓是聊发少年狂，领着一群饱读诗书的年轻人从永安城楼徒步行到张宽夫家的庭园里赏月。月出后一群人在园里茂密的树林中悠然徜徉，在晚凉的幽径里享受别样的快乐。主人尤为好客，拿出一坛名酒，用金制的荷叶杯斟满，请大家月下品尝。年轻人中有位孙彦立，他擅长吹笛子，曲调悠扬，和着美酒令人陶醉。

佳月佳酒及佳音，引起作者词兴大发，文不加点，一挥而就，完成了词篇。尔后自满大作，踌躇满志，得意扬扬，对年轻人说道："老子平生，江南江北，最爱临风笛。"也许他是喝多了，忘记了自己是在遭贬期间应当收敛点儿。

黄庭坚这首词作于被贬谪地戎州,却能以积极的心态去面对挫折,人生态度豪迈而豁达。全词意境开阔,襟怀傲岸,风格豪迈,不像秦观贬谪词的感伤,仿如苏轼词的旷达。难怪有人评说:"或以为可继东坡赤壁之歌云。"

功名做土，少年白头

——岳飞《满江红》

怒发冲冠，凭栏处、潇潇雨歇。抬望眼，仰天长啸，壮怀激烈。三十功名尘与土，八千里路云和月。莫等闲、白了少年头，空悲切。

靖康耻，犹未雪。臣子恨，何时灭！驾长车，踏破贺兰山①缺。壮志饥餐胡虏肉，笑谈渴饮匈奴血。待从头、收拾旧山河，朝天阙②。

【注释】

①贺兰山：贺兰山脉位于宁夏回族自治区与内蒙古自治区交界处。
②朝天阙：朝见皇帝。天阙：本指宫殿前的楼观，此处代指皇帝生活的地方。

【豪词酌香】

潇潇雨中，岳飞独上高楼，风雨拍打着他的脸颊，更拍打在他的心上。眺望着祖国的万里河山，他心中的激愤不可遏制，也只有"怒发冲冠"四字可以形容了。俯仰之间，看到这被敌军践踏过的断壁残垣，在风雨的吹打中显得支离破碎。岳飞握紧拳头，仰天长啸，似乎唯有如此，他的愤懑才能稍稍缓解。

岳飞是南宋大将，多年南征北战，戎马一生，功名利禄在他眼里不过是如尘土般轻贱。自己披星戴月，征战沙场，驱除胡虏，只为尽忠报国。可惜人生短促，三十年拼杀，无数次与死亡擦身而过，都如白驹过隙般淹没在时间的长河中。然而时光易逝，纵然是感慨万千，他也要迅速抖擞精神，发出"莫等闲、白了少年头，空悲切"的呼喊。正因时光匆匆，更要时刻充满斗志，不能等到满头华发时才叹惋自己庸碌的一生。

靖康之耻还没有洗净，一想到此间种种，他的内心便像燃起了熊熊大火，恨不得驾着战车，长驱直入，直捣黄龙，踏破那贺兰山。似乎只有将那胡虏的肉做下酒菜，喝光他们的血才能一解心头之恨。看着满目疮痍的河山，岳飞心中阵阵刺痛，暗暗发誓，一定要重整河山。

然而，只叹英雄无用武之地，这样一个顶天立地、赤胆忠心的英雄，却遭到秦桧等人的诬陷，最终以"莫须有"之罪被处以腰斩。尽忠报国、鞠躬尽瘁反遭陷害，他心中的悲愤，就是到了阴曹地府也难以平息，只让人空叹功名做尘土，少年成白发。

岳飞这一首《满江红》，仿佛是他豪气与爱国的标签，气势磅礴，彰显着抗敌御侮的决心。

醉里看剑,梦回沙场

——辛弃疾《破阵子·为陈同甫赋壮语以寄之》

醉里挑灯看剑,梦回吹角连营。八百里分麾下炙,五十弦翻塞外声。沙场秋点兵。

马作的卢飞快,弓如霹雳弦惊。了却君王天下事,赢得生前身后名。可怜白发生。

【豪词酌香】

"乱世出英雄"之话自然不假,在乱世中志向高远、能征善战之人恰恰有了崭露头角、施展抱负的舞台。只是这舞台常常为奸佞之人霸占,真正的英雄却被挤到舞台边缘,稍不留神便跌至台下,摔得鼻青脸肿,无力爬起。故而爱国者的报国之心,也只能泯灭在沧桑时光中。辛弃疾也难逃这般命运,在朝中投降派的排挤与打压中,他始终未能站在舞台中央。

词人南归之后,将近三十年的潮起潮落,跌宕起伏,依旧没有泯灭他的豪气。但令人心酸的是,看剑只是在醉里,吹角只是在梦中。现实与梦境不过是一道光的距离,他用了一生也没能跨过去。

那一晚他拿起宝剑，在灯下挥舞，人影在墙壁上晃动，宝剑闪出的光亮让人眼花缭乱。隐隐约约中忽听到营帐外传来的号角声，辛弃疾激动不已，穿戴好盔甲，举起酒杯，面对着三军将士慷慨陈词，鼓舞士气。将士们个个摩拳擦掌、精神抖擞，迫不及待地想要到战场上和敌军厮杀。秋天正是征战的绝佳时机，天高云淡，西风肃杀，伴随着低沉雄壮的军歌，将士们个个视死如归，场面何其雄壮，又何其苍凉。

战马个个如刘备的坐骑的卢一般矫健，风驰电掣一般。马背上的战士更是个个骁勇善战，手中弓箭如霹雳般迅猛。万马奔腾，尘土飞扬，战士奋勇杀敌的场面令辛弃疾心潮澎湃。帮君王收复失地、平定天下，同时也成就自己万古千秋的美名，这是他一生的追求。然而时光不等人，他的理想还未实现，头发早已斑白。

辛弃疾在哀叹中睁开了眼睛，才发现自己不知在何时已进入梦中，那征战沙场的豪迈之举，原来都是幻梦一场，只得道一句"可怜白发生"。

王国维曾说，沙场里最美的句子，就是"醉里挑灯看剑，梦回吹角连营"。可纵使这声音再铿锵有力，也只能回荡在漫长的历史里。在当时，他也只能登上高楼，即使把栏杆拍遍，也未得到朝廷的丝毫回应。

千古英灵，如今安在

——陈亮《水调歌头·送章德茂大卿使虏》

不见南师久，漫说北群空。当场只手，毕竟还我万夫雄。自笑堂堂汉使，得似洋洋河水，依旧只流东。且复穹庐拜，会向藁街①逢。

尧之都，舜之壤，禹之封。于中应有，一个半个耻臣戎。万里腥膻如许，千古英灵安在，磅礴几时通。胡运何须问，赫日自当中。

【注释】

①藁街：汉代时外国使者在长安城内的居住地。

【豪词酌香】

一笔筑起一位只手擎天的雄夫，支撑着大汉民族的气节，宛如在北地耸立起笑傲敌垒的高山，绽放着凛凛神威、烈烈豪情。

宋淳熙十二年（1185年）冬，皇上命章德茂出使北国为金主完颜雍祝寿，行前陈亮作词相赠，勉励老友做一位豪壮的英雄使者。

陈亮一生忧国忧民，以天下事为己任，曾向朝廷上《中兴五论》没有被采纳，带书直上朝堂论国事，两次被诬入狱，具有誓雪国耻不死不休的英雄气概。他在《上孝宗皇帝第一书》中曾说："南师之不出，于今几年矣！河洛腥膻，而天地之正气抑郁而不得泄，岂以堂堂中国，而五十年之间无一豪杰之能自奋哉？"今日宋主为金主祝寿他阻止不了，然而也要叮嘱老友切莫辱没了使命。

他哂笑以往堂堂汉使居然像洋洋河水一般东去对金人以子侄的身份朝拜，简直是奇耻大辱，却又无可奈何。他内心也深知一名使者的地位，然而多想友人做个堂堂正正的汉使，不失个人气节更不失国威。他婉转告诉友人："且复穹庐拜，会向藁街逢。"意思是现在姑且向金主低头，他们早晚会被宋朝消灭。藁街是汉代时外国使者在长安城内的居住地，汉将陈汤曾经斩获匈奴郅支单于的头颅，向皇帝奏说："宜悬头藁街蛮夷邸间，以示万里。明犯强汉者，虽远必诛。"然后便把头颅悬挂在藁街示众。

牵手即将北去的老友，忽然想把激情倾胸一吐——这里是唐尧建立的城都，是虞舜开辟的土壤，是夏禹对疆域的分封！如今这还有一个半个耻于投降敌戎的臣子站出来保卫国土吗？万里河山被人血腥蹂躏，千古以来爱国志士的英灵还在吗？到什么时候才能不向北人俯首称臣？什么时候才能恢复故土南北贯通？激愤和希望如火山爆发般喷薄而出，痛切呼唤千古不灭的民族之魂。

吹毛剑在，誓斩楼兰

——刘过《沁园春·张路分秋阅》

万马不嘶，一声寒角，令行柳营。见秋原如掌，枪刀突出，星驰铁骑，阵势纵横。人在油幢，戎韬总制，羽扇从容裘带轻。君知否，是山西将种，曾系诗盟。

龙蛇纸上飞腾，看落笔四筵风雨惊。便尘沙出塞，封侯万里，印金如斗，未惬平生。拂拭腰间，吹毛剑在，不斩楼兰心不平。归来晚，听随军鼓吹，已带边声。

【豪词酌香】

"天下奇男子，平生以气义撼当世"，这是时人对自称"大宋神仙刘秀才"刘过的恰当评说。本是一介布衣词人，却热衷北伐中原，复我河山。这一日，他受担任路分都监的一位张姓军帅邀请去观摩军演，心情异常兴奋。

秋天大阅兵，千军万马整齐列阵，鸦雀无声。军容之整肃、军纪之严明让人心生肃穆。突然间，响起了"一声寒角"，在寂静中显得格外嘹亮，全军立即闻声而动，无半点怠慢。汉时为防御匈奴入侵，文帝命周亚夫带兵驻扎咸阳西南的细柳，军纪极严。刘过以"令行柳营"来形容张路分治军赶得上名将周亚夫，足见褒扬之意。

帅旗挥令之间，枪林刀丛突现，战士剑气纵横；铁骑来往奔驰，快如闪电流星；队形纵横演练，变化繁复莫测。在油幢军帐中，张帅以战将指挥万马千军，然而其仪态却是"羽扇从容裘带轻"。三国蜀相诸葛亮常执白羽扇指挥三军；晋羊祜镇荆州在军中常轻裘缓带，身不披甲；赤壁之战周瑜是"羽扇纶巾，谈笑间，樯橹灰飞烟灭"，张路分此时手执羽毛大扇，身着轻裘缓带，仪态潇洒，从容不迫，与孔明、羊祜、周郎相似，大有儒将风度。

说张路分是儒将还另有理由："君知否，是山西将种，曾系诗盟。"他出生在人才辈出的西北之地，具有骁勇善战的特质；且是有名的文人，常在诗人的集会上出现，其诗情饱满，文思敏捷，草书时笔走龙蛇，四座惊如风雨，无不倾倒。书生若拜为大将，多数都能成事；刘过虽为文人而好武，张帅正合其口味。

如此的儒将英豪，若使他如汉代班固一样从戎塞外，必会扫平万里北疆，捧回如斗金印，扬名于当世。此时张帅已是在拂拭腰间吹毛得过的宝剑，不斩楼兰、不破北虏、不复中原，不足以遂其生平之志。

军演结束时已经很晚，回归时词人听到军乐队的吹鼓声，仿佛嗅到了边地那种征战厮杀的气息，内心深处幻想的是北伐胜利的早日到来。

欧鹭忘机,不问俗世

——吴潜《水调歌头·焦山》

铁瓮①古形势,相对立金焦②。长江万里东注,晓吹卷惊涛。天际孤云来去,水际孤帆上下,天共水相邀。远岫忽明晦,好景画难描。

混隋陈③,分宋魏,战孙曹。回头千载陈迹,痴绝倚亭皋。唯有汀边鸥鹭,不管人间兴废,一抹度青霄。安得身飞去,举手谢尘嚣。

【注释】

①铁瓮:指镇江古城,是三国孙权所建,十分坚固,当时号称铁瓮城。
②金焦:金山、焦山,二山均屹立大江中(金山现已淤连南岸),西东相对,十分雄伟。
③混隋陈:隋灭陈时,隋大将贺若弼最先在这里突破陈的江防,继克金陵。

【豪词酌香】

古来号称铁瓮城的镇江,是易守难攻的地方,金山和焦山是最好的屏障。两座山屹立于大江之中,西东相对,威武而雄壮。

吴潜对这里的景色赞叹连连——金、焦二山如瓮罐的口，江水在瓮口这边汇聚，又向瓮口东面倾注而去，水流滔滔，气势恢宏；时而风吹浪卷，惊涛怒撞山壁，回旋着奔向远方。仰望蓝天，孤云飘来飘去，闲淡而悠远；平视水际，孤帆遥遥，上下浮动，渐行渐远，让人滋长人生漂泊的忧思；把天水揉到一起去观赏，仿佛天水相邀，连成一幕奇景，让人进入水天一界的迷茫。再看那远处的山峦，忽而阳光映照，显得那样明丽；忽又被孤云遮日，遥看山色变得清幽。远山如黛的美景固然好看，那忽明忽暗的动感美却难以让人用画笔描绘出来。

身为这里的地方官，词人的心情极为复杂——"混隋陈，分宋魏，战孙曹"。隋灭陈时最先在这里突破陈的江防；南朝宋与北魏军队曾在此进行过激烈的交锋；三国孙吴在这里与曹魏有过凶险的对抗。回顾那一幕幕前尘战史，不禁感慨万千。"天下英雄谁敌手？"如果能像史上英雄那样用武争衡也不枉此一生，可现实里朝廷积弱，国势衰微，自己职短权轻，没有用武之地，只能望峰息心而已。

他有些羡慕起汀边鸥鹭来了：它们不管人间事务，无忧无虑自由自在，高兴了就展翅长飞直上青霄。而自己何时能像鸥鹭一样飞上蓝天，离开这纷繁复杂的尘世呢？

此后吴潜逐步升迁，至蒙古大军不断南侵之际，他还出任宰相，很想力挽狂澜，救国家于不坠。然而由于南宋王朝的腐败，他的宏图大略终还是成空。

笑看人间，白费心机
——李公昂《水调歌头·题斗南楼①和刘朔斋韵》

万顷黄湾②口，千仞白云头。一亭收拾，便觉炎海豁清秋。潮候朝昏来去，山色雨晴浓淡，天末送双眸。绝域远烟外，高浪舞连艘。

风景别，胜滕阁，压黄楼。胡床老子③，醉挥珠玉落南州。稳驾大鹏八极，叱起仙羊五石④，飞佩过丹丘。一笑人间世，机动早惊鸥。

【注释】

①斗南楼：原址在广州府治后城上，始建于宋徽宗建中靖国年间。此地观海山之景别具情致。

②黄湾：在广州东郊黄埔，珠江口一个呈漏斗状的深水港湾。

③胡床老子：指庾亮。晋朝庾亮曾于秋夜登武昌南楼，坐胡床与诸人谈咏，高兴地说："老子于此处，兴复不浅。"

④仙羊五石：传说周夷王时有五个仙人，分别骑着口衔六枝谷穗的五只羊降临楚庭（广州古名），把谷穗赠给当地人，祝他们永无饥荒。仙人言罢隐去，五羊化石。广州因此又名羊城。

【豪词酌香】

　　站在斗南楼上，一派胜景尽收眼底。青蓝色的苍穹，悠远而明净；黄湾口外的大海，万顷波涛连接天际，极远处分不清是蓝海还是长天；楼的另一侧耸立着白云山，仿佛有千仞那般高，山上有云状的雾在缭绕，无怪乎取名"白云"。胜景让人心神俱爽，盛夏之时仿如清秋，不须凉风吹来，暑热也为之顿消。

　　潮汐依天时而变化，潮水于早晚来去涨落，这是大海独具的风光。天空时晴时雨，山色随之浓淡，此是斗南楼上尽览的美景。在此长驻浏览，便可享受朝晖夕阴、山色明晦、水天茫茫、波澜偶惊各种美妙。当下把目光向远伸去，连天际的景色都会瞬间移来近前，多么阔大的景象也逃不过眼帘。看那万顷烟波之外的遥远处，波浪中起伏着船只，一行行，一点点。去往绝域的商船，在大海那边很远的地方，会收获交换来的珍奇货品和探寻的梦。

　　斗南楼上别样风景，可与天下名胜媲美。南昌的滕王阁以王勃所写《滕王阁序》而驰名天下；徐州的黄楼也因苏轼、苏辙撰、书的《黄楼赋》而声名鹊起。而此楼盛景、山海奇观，却足以胜滕阁，压黄楼。再把斗南楼与武昌的南楼相比，那里的江景怎比得上这里的大海！晋时庾亮曾坐在武昌南楼胡床上与诸人谈咏留下一段佳话，如今你我在这斗南楼上作词咏调也算收获了风流。

　　就此高台登上大鹏的脊背，稳坐上面游览八方极远，才是快乐的极致。作者想象自己驾着鲲鹏，唤醒化为石头的五只仙羊，在广阔的仙境里游目骋怀。随后收摄起激荡的心怀，让其重归宁静。淡泊才是人生的追求，欲念多了反而伤情。

景致由眼入心，方可沉淀为深沉情怀。无牵无挂，来去自由，方是人生至境。此般道理，有人用尽一生，也未能懂，而有人在崎岖的路上，舍得放下，从而走进了与世无争的桃花源。幸运如李公昂，站在高处俯瞰人间与自己，便获悉了生命的秘密——淡然简古。

　　这首对友人刘朔斋描写斗南楼景色的和词，想象瑰奇，境界开阔，气势磅礴，堪称佳作。

但愿声名，万古流芳

——文天祥《沁园春·题朝阳张许二公庙》

　　为子死孝，为臣死忠，死又何妨。自光岳气分，士无全节，君臣义缺，谁负刚肠。骂贼睢阳，爱君许远①，留得声名万古香。后来者，无二公之操，百炼之钢。

　　人生翕歘②云亡。好烈烈轰轰做一场。使当时卖国，甘心降虏，受人唾骂，安得留芳。古庙幽沉③，仪容俨雅，枯木寒鸦几夕阳。邮亭下，有奸雄过此，仔细思量。

【注释】

①"骂贼"句：唐代安禄山叛乱后，张巡与许远一同带兵守睢阳（今河南商丘县）危城，城陷后两人大骂安禄山，先后被害。
②翕歘：倏忽，如火光之一现。
③古庙：即张巡、许远庙。

【豪词酌香】

　　南宋时期文天祥驻兵潮阳，此词是他在拜谒张巡、许远二庙后所作。词中充满对古人气节和忠义精神的崇敬，也表达了词人自身的爱国情感。

做儿子的能死于孝,做臣子的能死于忠,果真如此,死又何妨!唐时安禄山反叛,乱军攻城略地,所到之处尽是无耻降敌之徒,不见尽忠报国之士;君臣之间缺失大义,节烈之风消散不振。

张巡怒骂贼寇直至双目流血,许远竭尽忠心从容死节,英烈事迹永久流传,赫赫名声万古不灭,笃诚之忠如百炼精钢无坚不摧。然而,自此以后再也没有了他们那样有操守的人。

人生短促,实应轰轰烈烈做一场大事。假使他们当时贪生怕死投降贼虏,则必会受人唾骂,以致遗臭永远,怎么能够百世流芳呢?两人的寺庙幽邃沉厚,二公的塑像庄严肃穆,仪容典雅栩栩如生。枯木寒鸦能经历多少时光,熬过多少个春秋?万物容易衰败,可古庙屹立不改,二公的精神常在。如有心存不忠的臣子经过此地的邮亭,要面对二公仔细思量,追慕先杰深加自省。

安禄山叛乱后,张巡、许远两人以数千兵力对战敌兵十余万,先后固守雍丘和睢阳两城达二十一个月,共经历大小四百多战,斩叛将三百余人,累计歼敌人十余万。他们阻挡了叛军南下,保全了富庶的江淮,牵制大量叛军,为唐军战略反攻赢得了时间。张巡每次与叛军交手都大呼骂贼,眦裂血面,嚼齿皆碎。无奈最终独木难撑,被攻陷城池时,当面痛骂叛军,导致叛军用刀剜其口。许远以一介书生为官,对敌誓死不降。最终两人从容就义。

"守一城,捍天下,以千百就尽之卒,战百万日滋之师,蔽遮江淮,阻遏其势,天下之不亡,其谁之功者?"韩愈的这段话对两人的评价极高。韩愈在潮州刺史任上为百姓做了很多好事,因他推崇张、许二人，潮州百姓为纪念韩愈也为张巡、许远修建了祠庙。

　　文天祥这次驻兵潮阳，拜谒张、许庙，有感而发，写了这首不朽的词篇。他崇尚古人的忠烈，被执大都之后，从容就义，与张巡、许远何其相似。

怨去吹箫，狂来说剑
——龚自珍《湘月》

壬申夏泛舟西湖，述怀有赋，时予别杭州盖十年矣。

天风吹我，堕湖山一角，果然清丽。曾是东华生小客，回首苍茫无际。屠狗功名，雕龙文卷，岂是平生意？乡亲苏小，定应笑我非计。

才见一抹斜阳，半堤香草，顿惹清愁起。罗袜音尘何处觅，渺渺予怀孤寄。怨去吹箫，狂来说剑，两样消魂味。两般春梦，橹声荡入云水。

【豪词酌香】

龚自珍生在"九州生气恃风雷，万马齐喑究可哀"的清末，纵然有"相与济苍生"的远大志向，却如千里马遇不到伯乐一样，终不得重用。多年来，他随着家人旅居在京城，那种漂泊异乡的孤苦之感非身处其中不能道出，但更让他痛苦的是多年壮志难酬的苦闷。嘉庆十七年（1812年）的春天，他终于偕妻回到故乡。

荡舟西子湖上，一切如故，但他此时的心境已不再洒脱不羁。

当年樊哙不过是一个以屠狗为生的屠夫，那些皓首穷经的书生，也不过有些舞文弄墨的雕虫小技，却都能功成名就。而自己虽有"慨然有经世之志"，最终却落魄不堪，真是羞见家乡父老，想必苏小小这样的名妓得知此事，也会笑话他碌碌无为吧。可世事终归如此，并非人力所能扭转，也只能长叹一句"生不逢时"罢了。

思绪回转之际，正是日薄西山之时。那"一抹斜阳，半堤香草"，顿时又将心中那还未平复的愁绪惹起。湖水在夕阳中波光闪烁，他又想起了自己钦慕的屈原和苏轼等人。无论在什么时代，总有那么一些人和自己一样，空有一身抱负，最后只能将自己的一颗心寄托在"香草美人"上。至于他自己的情怀，就只能对身边的一箫一剑倾诉了。

"怨去吹箫，狂来说剑"，这一柔一刚、一张一弛，正是他人生最好的注释。或许在这箫与剑之间，凝聚的是他多年徘徊在儒侠之间的矛盾与纠结。

既然无从抉择，那便荡舟归去，将一切烦扰都抛诸脑后。无论是"屠狗功名"还是"雕龙文卷"，都让它化作一场春梦、一缕烟尘，随着那摇曳的桨橹声，荡入那天地苍茫的云水之间吧。

第八章 半生漂泊，归来已是老叟

征人泪洒，男儿有情

——范仲淹《渔家傲·秋思》

塞下秋来风景异，衡阳雁去无留意。四面边声连角起。千嶂里，长烟落日孤城闭。

浊酒一杯家万里，燕然未勒归无计。羌管悠悠霜满地。人不寐，将军白发征夫泪。

【豪词酌香】

一望无际的塞外，有连绵不绝的荒漠、浩荡奔腾的激流、成群结队的牛羊。塞外风光辽远雄奇，让古来胸怀大志者心驰神往。

年过半百的范仲淹此时正身处塞外，但他没有一丝赏玩风光的雅兴，国家政事动荡，边地战事不断，百姓苦不堪言，让词人忧心忡忡，于是主动请缨，奔赴边疆指挥将士戍守边塞，以保家国平安。

塞外的秋是苍黄且惹人泪下的，目之所及全是茫茫萧瑟，天空愈加辽阔高远，每有南归的雁群掠过，便传来哀声阵阵，闻者无不肝肠寸断。临于此境，范公不禁发出了"塞下秋来风景异，衡阳雁去无留意"的喟叹。

大漠浩渺无垠，远处群山环绕，待到红日西落、炊烟徐徐升起，天地间仿佛只剩下一众热血男儿与一座孤城同处其间。在战事的最前沿，有金戈铁马，猎猎风声，将士们同袍同寝，甘苦与共。

塞外秋夜格外漫长，又格外寒冷。在一个个辗转无眠的夜晚，银霜爬满了双鬓，浊泪蔓延肆意。这些在沙场厮杀的将士有铁骨铮铮，但在这样寂寞的长夜里，总是轻易就被乡愁惹出了泪水。在这寒冷的秋夜，范公手执一杯"浊酒"，饮上几口，只觉得烈酒刺鼻，耳边还萦绕着边地羌管的呜咽声，如泣如诉。

跨上陪伴自己多年的战马，奔向大漠深处。空旷的原野没有边际，信马由缰驰骋其间，心已飞驰到了万里之外的家园。敌人尚未驱退、家国还未安宁，一声"归无计"的长叹无奈亦心酸。撕心裂肺的思乡念亲之情如野草般疯长，向着故乡的方向眺望，唯有望不尽的黑暗。不知何时，眼中流下两行浊泪。

在长达四年的边地羁旅生活里，范公的豪迈心境未改，保家卫国的壮志不消，然而在这豪放英雄气概之中，还夹杂着绵绵无尽的思乡柔情，刚柔并济，更是销魂。

181

寂寞沙洲，一只孤鸿

——苏轼《卜算子·黄州定慧院寓居作》

缺月挂疏桐，漏断人初静。谁见幽人独往来，缥缈孤鸿影。

惊起却回头，有恨无人省。拣尽寒枝不肯栖，寂寞沙洲冷。

【豪词酌香】

秋色已浓，梧桐树的叶子稀稀疏疏的，一弯残月挂在树梢。滴漏声断，周围更显清寂。幽居人独自徘徊，只有在空中缥渺而过的孤鸿与之做伴。此是作者贬居黄州时期的代表作之一，宋代黄庭坚曾在《跋东坡乐府》评价本词："东坡道人在黄州时作。语意高妙，似非吃烟火食人语。非胸中有万卷书，笔下无一点尘俗气，孰能至此！"

定慧院为苏轼在贬所黄州的第一处寓所。在这首词里，写了一人一鸟。上片写孤鸿见幽人，下片写幽人见孤鸿。只有了解苏轼写作此词时的处境，才能知晓，词中人即孤鸿，孤鸿即是河中人。

"缺月挂疏桐",一句白描将人带入静谧幽深的夜里。深夜时分,残缺的明月由疏落的梧桐枝桠中放出清辉来,漏已断、人已静,词人身处贬所,不由得生出孤寂无依的感慨来。他在月下树影里独自往来,徘徊不定,空中偶然掠过缥缈高远的孤鸿,更添了一层凄凉之意。"幽人"与"孤鸿"两个意象清幽孤寂、超凡脱俗,正符合作者此时的处境和心绪,衬托出风霜高洁的志趣。

他内心的惊悸惊得起孤鸿,回想那场"乌台诗案"的噩梦,宛如安静的枝头藏着一道惊雷。得罪皇帝,贬谪黄州,"亲友绝交","郡中无一人识者",却又祸不单行疾病连年。

有恨,却无人省。

只见那只孤鸿在焦灼中来回飞动,希望找到一个适合自己的枝丫来栖息。但它选尽所有的寒枝也不肯栖落,最后宁肯决绝地在冰冷的沙洲上独自飞行,也不愿降低格调,与众多凡鸟沉瀣为伍。"良禽择木而居",斯良禽也!

清代沈祥龙《论词随笔》中说:"词导源于诗,诗言志,词亦贵乎言志……'缺月疏桐',叹其高妙,由于志之正也。"此论将本词之意蕴道出。作者托物写人,以"孤鸿"自照,将高情雅致寓于其中,笔法超群,意境悠远,令人叹为观止。

遮不住的，是东流水

——辛弃疾《菩萨蛮·书江西造口壁》

郁孤台下清江水，中间多少行人泪。西北望长安，可怜无数山。

青山遮不住，毕竟东流去。江晚正愁余，山深闻鹧鸪。

【豪词酌香】

宋孝宗淳熙三年（1176年），辛弃疾途经造口，触景生情，不禁又想起了当年宋高宗一路难逃的窘境，心中激愤难平。可拳头握得再紧，又能向谁挥去呢？纵是有心杀贼，无奈无力回天。一想到那未收复的失地，他悲从中来，无法征战沙场，就只能以笔作枪，抒写心中的忧愤。

远方孤零零立在江水之中的高台，如同词人自己孤零零地立在这小舟之上。天边乌云密布，压得人喘不过气来，这沉郁的气氛简直要把词人吞噬了。他赶紧收敛目光，将视线移到所乘的小舟之上。只听得滔滔江水声犹如人的哭泣声。是谁在哭泣呢？是狼狈逃窜的君王，是千千万万流离失所的百姓，还是词人自己呢？恐怕都有吧，所有人的泪水滴落到江中，引得江水都随之呜咽。

他忍不住望向西北，那是宋朝曾经的都城所在。可他看不到汴京，只能看到连绵的崇山峻岭。收复山河的宏愿，究竟何时才能实现？词人心中的激愤又一次被这重叠的山脉触发：你阻挡得了我的视线，难道还能阻挡得住这滔滔东流的江水吗？大宋江山终会被收复，我辈虽已是头发花白，但后继有人，无数渴望重整河山的侠士就像这江水一样川流不息。

不觉间，词人仿佛浑身充满了力量，陶醉在对一统河山的美好想象中。正沉醉间，忽然听得深山中传来阵阵鹧鸪啼叫，声音苍凉凄清，让人不觉打了一个寒噤，心情顿时跌落谷底。眼看着已近黄昏，江面上升腾起袅袅烟雾，愁绪又漫上心头。船儿默默地向前行驶，周遭又陷入了死寂，唯有那鹧鸪的悲凉叫声和着词人心跳的节拍，谱写着一曲苍凉无奈的悲歌。

梁启超对此词有很高的评价："《菩萨蛮》如此大声镗鞳，未曾有也。"确实是实至名归了。

英雄豪杰，惺惺相惜
——辛弃疾《贺新郎》

陈同父自东阳来过余，留十日，与之同游鹅湖，且会朱晦庵于紫溪，不至，飘然东归。既别之明日，余意中殊恋恋，复欲追路。至鹭鸶林，则雪深泥滑，不得前矣。独饮方村，怅然久之，颇恨挽留之不遂也。夜半，投宿泉湖吴氏四望楼，闻邻笛悲甚，为赋《贺新郎》以见意。又五日，同父书来索词。心所同然者如此，可发千里一笑。

把酒长亭说。看渊明、风流酷似，卧龙诸葛。何处飞来林间鹊，蹙踏松梢残雪。要破帽、多添华发。剩水残山无态度，被疏梅、料理成风月。两三雁，也萧瑟。

佳人重约还轻别。怅清江、天寒不渡，水深冰合。路断车轮生四角，此地行人销骨。问谁使、君来愁绝。铸就而今相思错，料当初、费尽人间铁。长夜笛，莫吹裂。

【豪词酌香】

辛弃疾和陈亮二人的深厚友谊，是一段佳话。那些饱含壮志未酬之情的唱和诗篇，还有鹅湖上携手同游的难忘经历，都彰显着他们的友情。这一次他们久别重逢，自然有许多话要说。其间，二人对着窗外飞雪，谈笑高歌，好不快哉。辛弃疾这首为陈亮所赋的《贺新郎》，正是词人内心深处关于友谊与理想的独白。

遥想当年，陈亮一袭粗布麻衣，那傲然的神态就如陶渊明一样令人生敬，眼神中燃着的重整山河的壮志豪情，也让词人热血沸腾。正当词人的思绪飘向金戈铁马的战场时，几只小鹊把那树枝上的积雪踏得簌簌而落，词人也被拉回到现实。阔别多年，他们都已鬓角斑白，却依旧壮志未酬，如何不让人感慨。

想宋朝大好河山，在金人的铁蹄之下悉数被毁，这"剩水残山"只能依靠稀疏几枝老梅来点缀风光。虽然这天下有不少像他二人一样的义士，但终不过是寒冬里几只飞雁，无法改变这萧瑟的现实。

相逢不易，却又匆匆离别，词人不禁感叹：你虽然依约而来，但又怎舍得这样轻易离去？"怅清江、天寒不渡，水深冰合"，如此天寒地冻，我如何能够追得上你远行的脚步。自别之后，我对你的想念就如同这长夜笛声，漫漫无期，似乎要将天地都吹裂。

想到这里，词人甚至怀疑，他们当初的相逢是否就是个错误，最初倘若不相识，也就不用承受现在的离别之痛了。又不知要过多久，他们才能再次把酒畅谈、对雪赋诗了！

世上除了真心的朋友之外，没有一样药剂是可以通心的。这是一种温静而沉着的情意，历久弥香。

唯愿友人，归来依旧
——高观国《雨中花》

旆^①拂西风，客应星汉，行参玉节征鞍。缓带轻裘，争看盛世衣冠。吟倦西湖风月，去看北塞关山。过离宫禾黍，故垒烟尘，有泪应弹。

文章俊伟，颖露囊锥，名动万里呼韩。知素有、平戎手段，小试何难。情寄吴梅香冷，梦随陇雁霜寒。立勋未晚，归来依旧，酒社诗坛。

【注释】

①旆：泛指旌旗。

【豪词酌香】

西风吹拂抖动的旌旗，一支队伍踏上了漫漫旅程。马队的行人是要去往天边星汉一样遥远的北方。高观国这首词正是于杭州送别友人史达祖时写的。

出使人持着玉制的符节，穿着轻裘缓带，仪表堂堂，器宇不凡，好似仙人一般。路上之人争相观看，由此，应该能触动更多人对宋国的敬服。词人设想着友人路上遇到的光景及心情：从前惯于吟咏西湖风月，现今要饱览塞外风情，想必会有思乡的情愫生出。故而他喃喃叮咛友人，如果行程"过离宫禾黍"，经故都汴京和燕云之地，想痛哭就尽情痛哭一场，三千里疆土沦为外族田地，到了那里谁都难以抑制悲痛。

高氏常与史达祖一起唱和诗词，同为名动一时的文人。词中，前者对后者的出行加以奉扬，盛赞其文名远播，更用"颖露囊锥，名动万里呼韩"来美誉史氏此次出使如囊锥出头，必是才华难掩。其实，南宋遣使北游金国，名为贺寿，实为探敌，以伺机北伐。高氏心知史氏此行含有"平戎"目的，因此不但期盼友人能够名噪，更是对友人的鼓励与支持。

当然，依依惜别之情仍流露词外：友人北去，不知何时回返，心有不舍，只望他北去路上有信捎回。这份难得的期盼，足可看出高、史二人友情的深厚。最后，词人将最后的期盼道出，唯希冀友人功成平安归来，那时再续诗酒，共吟西湖风月，正是赏花赏月赏风光。

此词上阕豪气满怀，笔下所呈现的气势亦是大开大阖；下阕意境则由磅礴转为秀丽。如此跌宕之变化却未显突兀，反而使整首词更加抑扬顿挫，由此可见词人高深的艺术功力。

感情纠结，层层堆积

——刘克庄《满江红·和王实之韵送郑伯昌》

怪雨盲风，留不住、江边行色。烦问讯、冥鸿①高士，钓鳌词客②。千百年传吾辈话，二三子系斯文脉。听王郎、一曲玉箫声，凄金石。

晞发处，怡山碧。垂钓处，沧溟白。笑而今拙宦，他年遗直。只愿常留相见面，未宜轻屈平生膝。有狂谈、欲吐且休休，惊邻壁。

【注释】

①冥鸿：即高飞的鸿雁。
②钓鳌词客：语出《列子·汤问》，喻指豪放不羁的志士仁人。

【豪词酌香】

雨骤风狂，大江迷离，前途风险重重，却阻不住行者前去的信念。友人要去往临安赴任，如果耽搁了时日就是违背皇命。仕途之上波诡云谲，这怪雨恶风恰如当前的官场，其间充满了扑朔迷离的陷阱，做官好比身披荆棘，不小心就会被刺伤。

南宋时王实之、郑伯昌以及刘克庄皆为罢职文人，常在一起批评时政，不承想郑伯昌却被征去任职，刘克庄三分调侃、七分郑重地赋词送别，恢宏的气度里满是文人的惺惺相惜。

他异想天开地嘱托友人：前去做官的时候，切忌醉心名利、结交显宦，应当腾出更多的时间去拜访避世隐居的高才之人；不要沉湎于功名成为俗吏，应做风标高洁的人，争取为古之斯文流传余脉。

刘克庄从没有忘记忧国，以古时的典故喻示友人要有豪放的胸襟和惊天动地的壮举，不要泯灭了远大志向。进而他又哂笑起身居高位之人的庸俗，认为那些庸庸碌碌的"拙宦"必将在历史长河的汰洗中被遗忘。争利要争天下利，求名要求万世名。

然而，现实却是黯淡的，壮志难酬导致他有些希冀化外逍遥的生活，思绪里怡然想起三人曾醉心山水，畅玩绿野，在青峰上沐雨，在碧水间洗发，在云海中吟诗，在白浪里钓鱼，何其快活。

离别固然是痛苦的，但惜别情感并非只有泪水，凄动金石的箫声才痛断肝肠。志士分手大异常人，悲箫送别情意更显悠远。

对好友依依惜别，临别不免要珍重赠言：一方面期望友人不轻易摧眉折腰，要保持气节；一方面又担心友人的正直不阿招致小人忌恨惹来杀身之祸。如此的矛盾心情，正是他对南宋江山的精忠、对友人的深厚情谊以及对险恶世道的失望这三重情感的交织，让人真切感受到了南宋王朝风雨飘摇中，一群有才情和抱负的文人是怀着怎样的难酬壮志和满腹辛酸。

何时言欢,苍凉一问

——刘辰翁《摸鱼儿·酒边留同年徐云屋》

怎知他、春归何处,相逢且尽尊酒。少年嬲嬲天涯恨,长结西湖烟柳。休回首,但细雨断桥,憔悴人归后。东风似旧。问前度桃花,刘郎能记,花复认郎否。

君且住,草草留君剪韭。前宵正恁时候。深杯欲共歌声滑,翻湿春衫半袖。空眉皱。看白发尊前,已似人人有。临分把手。叹一笑论文,清狂顾曲,此会几时又。

【豪词酌香】

清末词论家况周颐《蕙风词话》曾如此评价刘辰翁的词作:"须溪词风格遒上似稼轩,情辞跌宕似遗山。"意为刘辰翁的词作风格上和辛稼轩一样苍劲有力,而在词采情感上跌宕起伏犹若元好问,此词即是一个很好的例证。

词题中的"徐云屋",与作者同榜中进士。相同的境遇,使两人结下了深厚的友谊。春光流逝,怅惘无归,恰又逢友人离去,词人自然心生感伤。

年少时节，两人相知相交曾在临安西湖共同赏景，吟诗论词，而今临安城已然陷落，少年时意气风发为功名奔走天涯，而今人将老时竟成了亡国之徒奔走天涯，难免令人惆怅。词人规劝自己，休要回头看那朦胧烟柳，勿要怀念故国和身世，然而忘怀往事只能是欺人之言罢了。唐代的刘郎尚能记起前度的桃花，而桃花早已零落成泥，不再记得他。对世事变迁的感慨、对身世飘摇的唏嘘，以及对故国缅怀的长痛，尽在此婉曲苍凉的一问中。

刘辰翁多愿友人可以留下来，请友人一同剪韭菜，一同炊黄粱，一同吟诗作词，一同小酌漫语。想起昨夜此时与友人畅叙心怀，以致最后酒洒，把衣衫湿透，那情景让人十分感动。他不甘就这样分别，满怀希望地对友人发出邀约，将来一定还要找机会团聚，一起谈词论道，一起把酒言欢，甚至一起如三国周郎一样听人演奏，悠然地指点那演奏人的曲误。

将来友人再聚只是他的希冀，国已破，家已无，人已老，山河破碎，前途难料，人命飘摇，这一别大半即成永诀。你看词最终"清狂顾曲，此会几时又"，他是明知再见恐成梦想，又给自己一点儿希望。但愿他的好梦成真。

落花飞絮，一片茫茫
——文廷式《水龙吟》

　　落花飞絮茫茫，古来多少愁人意。游丝窗隙，惊飙树底，暗移人世。一梦醒来，起看明镜，二毛生矣①。有葡萄美酒，芙蓉宝剑②，都未称，平生志。

　　我是垒塞倦客，二十年、软红尘里。无言独对，青灯一点，神游天际。海水浮空，空中楼阁，万重苍翠。待骖鸾归去③，层霄回首，又西风起。

【注释】

①二毛：指斑白的头发。头生白发而有黑、白二色。
②芙蓉宝剑：即古纯钧剑。春秋时期，越王允常聘欧冶子所铸五宝剑之一。
③骖鸾：指仙人驾驭鸾鸟云游。骖：古代驾在车前两侧的马。

【豪词酌香】

　　在朝为官支持康、梁变法的文廷式被慈禧太后革职闲居，可八国联军的陷京、戊戌变法的失败、对日战争的惨输，一连串重大事件在眼前一幕幕回演，撞击着他的心扉。

世事如游丝窗隙穿行般悄然衍变，又孕育着时时可能发生的狂飙般惊变，衰落的清廷不知还能有几多寿命，苦难的黎民不知还有多少苦难。人世暗移，人间渐衰，前景堪忧，"古来多少愁人意"，一名心怀济世拯民的书生，在民族灾难面前无限沉痛。

一天早起梦醒，词人揽镜自照，发现白发满鬓，二毛杂生，老之将至，心情沉重。其实白发岂是一朝梦醒才突然长满，实是一场浮生长梦醒来，发现人已垂老，难再从头来过。回想少壮时，畅饮葡萄美酒，持芙蓉宝剑长歌，放眼天下唯我，何等豪气干云，何等壮志凌云。但如今，平生志，都未实现，一切夙愿尽付东流水。梦已醒，愿已空，梦想破灭后的痛苦才是人生最苦。

文廷式是清末才子，自称二十年在软红尘里流离。的确，二十年在繁华奢靡的京城，又官至翰林院侍读学士，其间他也许为朝堂提供了有建树的治国大略，也许少不了冶游香艳之事。但他又称自己是长安倦客，是客游他乡而对旅居生活感到厌倦的人，可见他的心有多矛盾纠结。他也曾想有所作为，可又不被世用，在郁郁寡欢的时光里，只能是无言独对青灯一点。而孤独寂寞中更易神游天外，幻想着别的世界。

此时他向往的地方清晰而又朦胧。清晰的是，远在域外，万重苍翠，楼阁重重；朦胧的是，海水浮空，海市蜃楼，空中虚影。他对陶渊明世外桃源式的社会满怀憧憬，但憧憬终成虚幻，梦想终归破灭，现实冷酷无情。

要脱开现实乘鸾仙游而去，然而回首西风萧瑟的人世，觉得倦倦又恋恋。理想的世界与难舍的现实让他怎生决断去留？